TABLEAUX

DE

SOCIÉTÉ.

TOME SECOND.

OEUVRES DE PIGAULT LE BRUN;

62 vol. in-12, 150 francs.

On vend séparément :

Mélanges et poésies, 2 vol.
Adélaïde de Méran, 4 vol.
Tableaux de société, portrait de l'auteur, 4 vol.
Théâtres, 6 vol.
M. de Roberville, 4 vol.
Une Macédoine, 4 vol.
Angélique et Jeanneton, fig., 2 vol.
Mon oncle Thomas, fig., 4 vol.
M. Botte, fig., 4 vol.
Famille de Merval, 4 vol.
Jérôme, 4 vol.
Homme à projet, 4 vol.
Enfant du Carnaval, fig., 2 vol.
Barons de Felsheim, fig., 4 vol.
Cent vingt Jours, fig., 4 vol.
Folie espagnole, fig., 4 vol.

TABLEAUX

DE SOCIÉTÉ,

OU

FANCHETTE ET HONORINE;

PAR PIGAULT LE BRUN,

MEMBRE DE LA SOCIÉTÉ PHILOTECHNIQUE.

TOME SECOND.

Oh ! les passions ! les passions !

PARIS,

CHEZ BARBA, LIBRAIRE, AU PALAIS-ROYAL,
derrière le Théâtre-Français, n°. 51.

DE L'IMPRIMERIE DE J.-B. IMBERT.
1817.

TABLEAUX

DE

SOCIÉTÉ,

OU

FANCHETTE ET HONORINE.

CHAPITRE PREMIER.

Devais-je m'y attendre ?

Rose entre chez moi ; elle s'approche les bras entr'ouverts... Je me
sens prête à la repousser.... Possédons-nous. Agir quand la tête est
exaltée, c'est ne vouloir faire que
des démarches téméraires ou incon-
sidérées.

Je reçois son baiser ; je la fais as-

seoir près de moi ; je la fixe d'un air
sévère : elle paraît étonnée.

Pauvre petite ! combien j'ai été
injuste envers elle ! C'est la bonne
foi, c'est la candeur, qui s'expri-
ment par sa bouche. Elle vient
d'elle même me confier l'espèce d'ob-
cession à laquelle elle a été exposée
toute cette nuit. Soulanges avait la
clef ; mais le loquet était poussé.
Il n'a cessé de la supplier de le tirer.
Fatigué enfin de sa témérité, dé-
sespérant peut-être de ne pouvoir plus
long-temps résister à son cœur, elle
a appelé sa mère. Elle lui a dit
avoir entendu dans la galerie quelque chose d'effrayant. Elle est allée
se reposer près d'elle. Elle lui a demandé la permission de partager son
lit à l'avenir.

Oh ! combien je suis aise de la
trouver innocente ! oh ! si je pouvais
absoudre comme elle Francheville

et madame de Soulanges!... Cela n'est pas possible.

Me confierai-je à Rose? Il me semble que parler de sa peine, c'est y apporter du soulagement. Mais que me répondra un enfant sans expérience du monde? La réduirai-je à la nécessité de mésestimer un homme qu'elle croit le modèle des époux? Ne serait-il pas affligeant pour elle de faire succéder le dédain à une estime qu'elle croit fondée? D'ailleurs la réputation de Francheville est-elle à moi? ai-je le droit d'y porter atteinte? Une femme est-elle quelque chose que par son mari? et le dépouiller de la considération qu'on lui accorde, n'est-ce pas se dégrader avec lui? Non, je ne dirai rien.

Je félicite Rose sur sa conduite; je l'engage à persévérer; je l'éloigne sous un prétexte frivole, que la chère petite ne pense pas même à examiner. Je veux être toute entière à ma situation, puisqu'il ne m'est pas permis d'en parler.

Que ferai-je dans cette circonstance difficile? Céder à la force des événemens, me soumettre à ma destinée? Je ne le puis. Je n'ai pas vingt-six ans encore, et je renoncerais à mon cœur! Il m'a ôté le sien; mais est-il impossible de le reconquérir?

Que sommes-nous, hélas! que les faibles jouets des passions! M'occupais-je, il y a un mois, il y a huit jours, de ce qui se passait dans le cœur de Francheville? Il fallait une secousse terrible pour me rappeler à ce qu'il vaut.

Oui, je revendiquerai son cœur; il est à moi, je ne peux y renoncer. J'éclairerai leur conduite, je les suivrai le jour, je m'emparerai de Francheville la nuit.... Joindrai-je aux glaces de l'indifférence l'humeur que cause l'importunité ?

Si je lui parlais avec douceur ? si je lui faisais entendre mes justes regrets, sans y ajouter une plainte ?... Il est loin de me croire instruite. Il cherche, à force de prévenances, d'attentions, de soins, à éloigner de moi le soupçon. Il sent qu'il me doit un dédommagement de cette affection qu'il se reproche de m'avoir ôtée. Je jouis au moins de ses procédés, et une explication peut me ravir tout à la fois. Francheville, démasqué, n'aura plus rien à redouter. Il cessera de se contraindre, il se livrera à tous les écarts, et je joindrai au sentiment de ce que j'ai perdu, celui des humiliations qui seront mon partage, et la cruelle certitude de ne le ramener jamais : on s'éloigne de plus en plus, à mesure qu'on offense davantage.

Madame de Soulanges est-elle incapable d'une action généreuse ? Si je m'abaissais devant elle, si je lui redemandais mon époux ?... Ah ! qui commet une faute, veut en recueillir un prix, et qui a su plaire à Francheville, ne peut se résoudre à le quitter.

Mais cette rivale est-elle si dangereuse ? le fixera-t-elle long-temps ? Son esprit est superficiel, son caractère nul, ses affections légères. Capricieuse, altière, exigeante, privée déjà de la fraîcheur et des grâces de la jeunesse, comment a-t-elle subjugué l'homme le plus capable de la juger, celui qui peut choisir entre les plus belles, les plus touchantes, les plus sensibles, et peut-être les plus sages ? Hélas ! l'amour est-il autre chose qu'une prévention plus ou moins forte, plus ou moins durable ? Il n'examine, ne calcule rien,

La satiété seule lui montre les objets ce qu'ils sont, et Francheville est loin encore de pouvoir apprécier madame de Soulanges ; elle a pour lui le charme de la nouveauté : celui-là lui tient lieu de tous les autres. Que de femmes vaines de leur empire, et qui ne le doivent qu'à ce prestige-là !

Devais-je penser que le mien serait si peu durable ? Je ne suis pas présomptueuse, mais je sens ma supériorité sous tous les rapports. Mon époux seul pouvait me la préférer : mon unique tort est donc d'être son épouse.

Hélas ! avec quels transports il m'a donné ce titre, auquel j'étais si loin de prétendre ! Quels jours purs et sereins ont suivi celui de notre union ! Quel était, avant ce jour mémorable, l'ascendant que j'avais sur lui ! Il voulait éviter la pauvre et

obscure Fanchette ; l'amour le ramenait sans cesse dans ses bras. Sans
artifice, sans moyens de séduction,
sans état, sans fortune, Fanchette
balançait la beauté, le rang, l'opu-
lence de sa première épouse. Elle
eut sa main : il gémit en la lui don-
nant. Et moi, fière d'une préférence
si marquée et si flatteuse, coulant
ma vie au sein de cette douce inti-
mité, de cet abandon de l'âme, de
ces effusions de cœur qui suivent et
préparent les jouissances, j'ai compté
sur une félicité inaltérable. Tout s'est
évanoui comme un songe trompeur.
Je redeviens Fanchette, isolée, délaissée, trompée, ne tenant plus au
monde que par de l'or, et les hommages de gens que je compte pour
rien. Et c'est madame de Soulanges...
Madame de Soulanges ! Oh ! c'est
presque un opprobre qu'être l'objet
d'une comparaison !

Je pleure!..... Est-ce le dépit seul qui m'arrache des larmes? Quel sentiment cruel et nouveau m'agite en ce moment? La jalousie froisse, brise mon cœur....... Ah! l'orgueil n'est-il pas jaloux comme l'amour? Non, ce n'est point mon orgueil blessé qui fait couler mes pleurs : l'orgueil s'irrite ; l'amour dédaigné se plaint. C'est l'amour, qui me peint en trait de feu les délices que j'ai épuisées, qui me rappelle les privations que je suis condamnée à supporter ; c'est lui qui m'offre l'image de Francheville, beau, tendre, ardent, toujours empressé, ce qu'il fut enfin, ce que je voudrais qu'il fût encore. Ah! je vois clair dans mon cœur. Sainte-Luce m'a fait rêver tendresse ; Francheville m'en a pénétrée. Celle que je lui porte est inépuisable.

Je ne suis pas tout à fait malheu-

1*

reuse, puisque je trouve en moi ce
sentiment que je croyais éteint, et
que la plus douloureuse des épreuves
vient de ranimer. Il me rend ma
propre estime.

L'espoir renaît avec lui. La pa-
tience, la douceur, la tendre amabilité ne seront pas sans puissance
sur un homme égaré, mais honnête ;
ma persévérance vaincra à la fin....
Et Honorine, Honorine, à laquelle
je ne pensais pas ! Je la lui présen-
terai à tous les instans du jour. Il
a pour elle la tendresse la plus vive :
il se souviendra qu'il me doit sa fille ;
il rapprochera la mère de l'enfant ;
il les réunira, il les confondra dans
son cœur.

Les voilà, les voilà ces lettres, si
long-temps oubliées, et qui vont faire
mon bonheur et peut-être ma consolation. Si elles me ramènent au
sentiment de mon malheur, elles

me procureront aussi quelques mo-
mens d'illusions. Je chercherai à me
tromper moi-même ; je croirai les
avoir reçues hier, aujourd'hui, à
l'instant. Je croirai partager encore
les transports qu'ils annoncent, et
dont le souvenir est en moi si vif et
si récent.... Non, non. On ne s'abuse
pas à ce point. L'affreuse vérité est
là, prête à dissiper le prestige. Ah!
rends-les, moi ces jours heureux que
je t'ai dus et que tu peux encore faire
luire pour moi. Un mois, une se-
maine, une heure, une minute,
un baiser, un baiser seulement,
pourvu que l'amour me le donne......
     Ciel! juste ciel! qu'aperçois-je
dans ma glace!..... Mes sens égarés
créent-ils des objets fantastiques? Je
ne sais; mais je me sens prête à succomber à l'excès de mon effroi, à
celui du plaisir. C'est lui! c'est lui!
Ses bras sont étendus vers moi; ses

yeux sont baignés de larmes ; son
attitude est suppliante..... Oh ! par
grâce, ne me supplie pas. Dérobe-
moi tes regrets et tes larmes ; ne me
promets pas un retour dont, il m'est
impossible de me flatter encore.
Éloigne - toi , disparais, fantôme ,
qu'a produit une tête vide et fatiguée... En parlant ainsi, je suis tom-
bée à genoux devant ma glace ; je le
prie, je le conjure. Il s'approche ;
je pousse un cri affreux ; je tombe
sur le parquet ; je perds l'usage de
mes sens.

Je reviens à moi.... Où suis-je?....
dans ses bras. Veillai-je , ou ce que
j'éprouve vient-il d'une imagination
délirante?... Non, non, tant de bonheur ne peut être un mensonge ; je
ne supporterais pas une semblable
erreur ; il faudrait mourir en la reconnaissant. « Ah ! mon ami ! —
» Ah ! ma Fanchette ! »

Je veux parler : cent baisers me privent de la voix. Amour, délire, ivresse, tout vient de renaître pour moi. Je viens de renaître moi-même.

« Comment se peut-il ?... mon » ami, comment se fait-il ?... Oh! » grâce, grâce !... Le plaisir tue » comme la douleur. »

C'est à Rose que je dois tout. Si je me fusse ouverte à elle, j'étais, je restais malheureuse encore. Persuadée de l'attachement de mon mari pour moi, elle a couru l'avertir de l'altération de ma voix, de l'émotion qui agitait tout mon corps. Francheville est entré chez moi, sans autre objet que de s'informer de ma santé. Je parlais haut, suivant l'usage commun aux personnes fortement préoccupées. Regrets, plaintes, prières, sanglots, il a tout entendu, il a tout vu. Vivement touché à son tour, il est descendu dans son cœur, il y a retrouvé l'amour. L'équité, un noble repentir l'ont poussé dans mes bras.

Il se reproche amèrement et le chagrin qu'il m'a causé, et le danger auquel il m'a exposée près de Sainte-Luce. Il s'accuse, il se repent. Je ne lui permets pas d'achever : ménageons le coupable charmant, qui revient sincèrement à nous.

Est-il bien vrai qu'une réconciliation rende à l'amour tout le charme du premier moment, ou la transition subite de la douleur à une joie inespérée, communique-t-elle le mouvement et la force à nos organes engourdis ? Je ne sais ; mais je n'ai jamais été si complètement, si parfaitement heureuse.

Ce bonheur sera-t-il durable ? Les sens trop irritables de Francheville ne l'entraîneront-ils pas vers quel-

qu'objet nouveau ? Ah ! bannissons
cette idée affligeante. A quoi sert la
prévoyance du mal ? à altérer le sentiment du bien. Jouissons de notre
félicité dans toute son étendue ;
qu'aucun nuage ne trouble la sérénité de ce beau jour. Francheville
est revenu à moi, tout à moi : j'en
crois ses sermens, ses transports et
mon cœur.

C'est peu pour lui d'avoir essuyé
mes larmes, d'en avoir tari la source ;
il sait, dit-il, quelle réparation il me
doit encore. Il veut que tous, jusqu'à
l'objet d'une fantaisie qu'il ne cessera
de se reprocher, sachent que je suis
pour lui la première, la plus aimable, la plus aimée des femmes. Il me
rapporte cette clef, dont la dispari-
tion m'avait fait si mal penser de
Rose. Il r'ouvre cette porte de communication, qui jamais ne sera re-
fermée, parce que nos deux appar-

temens n'en doivent faire qu'un. Il
fait appeler Justine, et me dit de la
congédier.

J'avoue que j'éprouvai un sentiment de satisfaction bien vif, en me
trouvant enfin maîtresse du sort de
cette femme, qui jamais ne m'avait
manqué de respect, mais qui forte
de la confiance de Francheville, de
son utilité envers lui, n'avait pas
pour moi les égards que je me croyais
dus. Cependant, quand je lui eus
intimé l'ordre de sortir à l'instant de
la maison; qu'à son air de stupéfaction succéda une affliction marquée,
en voyant Francheville, impassible
et muet, lui faire signe de se retirer,
ma fermeté m'abandonna, et je me
sentis disposée à la rappeler et à lui
pardonner.

Je me souvins qu'elle avait aidé
à me tromper, que peut-être elle
était la première cause de l'inconstance

tance de mon mari; je me retraçai
sa conduite envers le sien; son éga-
rement avec Philippe; enfin la nécessité de l'éloigner d'Honorine, et
tous ces motifs imposèrent silence à
ma sensibilité.

La cloche sonna. Francheville me
présenta la main, me conduisit à la
salle à manger, et me fit placer près
de lui. Cet arrangement parut étrange
à tous ceux qui ignoraient ce qui s'é-
tait passé; mais il annonça à madame
de Soulanges et mon triomphe, et la
perte de son influence. Elle rougit,
elle pâlit, elle se pinça les lèvres.
J'avoue encore que je souris de son
embarras, de la gaucherie de son
maintien, et des mots qui lui échap-
pèrent. Je sentis qu'il est doux d'hu-
milier sa rivale. Je réfléchis bientôt
que ce sentiment est indigne d'une
âme élevée; que je me rangeais dans
la classe de ces femmes qui, parce

qu'elles n'ont pas encore de faiblesse
à se reprocher, jugent les autres avec
une extrême sévérité. Est-ce à moi
qu'il convient de condamner personne ! Je parlai à madame de Soulanges avec ma bienveillance accou-
tumée. Je la rendis à elle-même et à
la conversation.

Quelle âme que la tienne ! s'écria
Francheville, en me pressant ten-
drement la main. Cette exclamation
inintelligible, et par cela même très-
extraordinaires pour nos convives,
fixa sur nous tous les regards. Madame de Soulanges seule en saisit la
force, et sentit que je venais d'ajouter à l'estime de mon mari, en même
temps que j'avais reconquis son cœur.
Elle tomba dans une sorte d'accablement, dont elle se tira brusque-
ment, comme on cherche à éloigner
une idée désagréable, mais qui n'est
pas digne d'affecter. Elle se livra à

des accès de folie, qui firent lever les épaules, même à son mari, qui n'y comprenait rien. Je trouvai cette conduite pitoyable, et je sus bon gré à Francheville de n'avoir pas l'air de la remarquer. Je pense comme lui, qu'un galant homme doit des égards à toutes les femmes, même à celles qui en méritent le moins.

Non, celle-ci ne pouvait le conserver long-temps. Il a besoin d'une âme qui réponde à la sienne, et madame de Soulanges n'a que des sens..... peut-être même n'a-t-elle qu'un cerveau exalté. Je suis assez portée à le croire : quand on tient à un homme, n'importe comment, on ne rit pas, on ne chante pas, au moment où on le perd.

Francheville déclare à la fin du dîner que les plaisirs de Brécour l'ont trop long-temps distrait de ses occupations, et qu'il lui est indis-

pensable d'aller le jour même reprendre la suite de son travail. C'est
dire à tout le monde qu'il faut se séparer : nous avons à l'hôtel de la
préfecture un vaste et bel appartement ; mais les bureaux occupent le
reste de l'édifice. A peine pourrons-
nous y loger convenablement la petite madame Ducayla.

« Mais, dit Soulangès, il n'y pas
» huit jours , mon ami, que vous
» nous pressiez encore de rester. —
» Il y a huit jours, mon ami, je me
» livrais à des sensations qui m'em-
» pêchaient de penser à mes devoirs,
» et j'ai reçu aujourd'hui de mon
» secrétaire-général une lettre qui
» ne me permet pas de différer d'un
» instant. »

Soulanges regarde Rose d'un air
qui veut dire : je vous perds donc
pour jamais. Rose rougit et baisse
les yeux. Elle l'oubliera , parce

qu'elle le veut sincèrement, et que déjà elle a la force de n'écouter que ses principes.

On sort de table, et chacun va faire ses petites dispositions. Monsieur et madame de Soulanges envoient chercher des chevaux de poste. Du Reynel déclare que l'air de la Provence le fait digérer de manière à lui permettre de souper, et qu'il louera une maison à la ville. Nous le prenons dans notre berline avec madame Ducayla et Honorine; nous donnons la calèche à madame et à mademoiselle Montbrun. On se fait de tendres adieux; on s'embrasse comme si on s'aimait; on part.

Il était temps d'arriver. Je trouve une lettre du grand personnage à qui mon mari doit sa place. « Un » anonyme, me mande-t-il, a écrit » au ministère de l'intérieur que le » préfet passe sa vie à la campagne,

» et néglige entièrement ses fonc-
» tions. J'ai répondu que l'envie s'at-
» tache à tout, exagère tout, et que
» je me rendais garant de la conduite
» de mon protégé.

» J'ai dissipé l'orage, mais si M. de
» Francheville a réellement quel-
» ques-uns des torts qu'on lui impute,
» prévenez-le, madame, que je l'en-
» gage à les faire oublier par son
» exactitude et son assiduité. »

Cette lettre m'embarrasse beaucoup. La communiquer à Francheville, n'est-ce pas le ramener au souvenir de sa liaison avec madame de
Soulanges, qui seule lui a fait négliger ses devoirs? Ne pensera-t-il pas
que l'oubli de cet écart n'est pas aussi
absolu que je le lui ai juré, et que
peut-être je trouve un plaisir secret
à le lui rappeler? D'un autre côté,
dois-je lui cacher l'événement fâcheux dont il a été menacé? Le lui

faire connaître, n'est-ce pas prévenir une rechute, qu'on jugerait impardonnable? N'est-ce pas nous sauver tous les deux?

Tout peut se dire. Il suffit de choisir le moment et les expressions convenables. Avec un peu d'esprit, une femme le trouve, et elle fait passer un avis salutaire à la faveur de témoignages d'estime et de confiance. Les ressources de l'amour ne sont-elles pas d'ailleurs inépuisables? Son ton, son accent n'adoucissent-ils pas tout, jusqu'à un mot désobligeant? qu'il s'unisse à la raison, qu'il la pare de ses charmes, qu'ils se soutiennent mutuellement; un homme bien organisé ne leur résistera pas.

Je suis là, dans cette petite chambre qui touche à son cabinet. C'est là, que toute à lui, je cherche les moyens de l'éclairer, sans blesser son amour-propre. Il va venir dé-

jeuner avec moi. Mon petit discours
est préparé. La morale en est si
douce ! son âpreté est si bien dé-
guisée ! Je serai si tendre, si cares-
-sante !.... Le voici.

Oh ! non, non, il ne faut rien
préparer, quand on doit parler à un
homme passionné et qu'on l'est soi-
même. Il n'appartient qu'à un être
froid d'arranger méthodiquement un
discours, d'en calculer les effets, et
de le débiter de manière à émouvoir,
lorsque lui-même demeure impassible. Dès les premiers mots, j'ai
tout oublié. Je n'ai vu que l'homme
aimable et chéri. Je n'ai pu lui parler
qu'amour.

Cette lettre est là. Elle est ouverte
sur la table même où nous déjeu-
nons, et elle est à mille lieues de ma
pensée. Il la voit, il la prend, il la
lit, je reviens à moi. Je l'examine,
et je remarque dans tous ses traits

une altération qui annonce un orage
prochain. Est-ce sur moi que tom-
bera sa colère ? Non, celle qui vient
de lui prodiguer les plus tendres caresses, qui ne connaît près de lui que
l'impulsion d'un cœur brûlant, qui
s'abandonne sans réserve à son ex-
cessive sensibilité, celle-là n'a pu
concevoir le dessein de l'offenser ; il
ne peut l'en croire capable. Je suis
inquiète cependant. Ne parlera-t-il
pas ?

« Ma chère amie, la lettre qu'in-
» dique celle-ci a été écrite de cette
» ville. Je pars à l'instant pour Paris.
» J'en demande communication. Je
» reconnaîtrai peut-être l'écriture.
» Je reviens et je me venge. »

Moi, je respire.

La colère, dans un homme vif,
exalté, est toujours d'une extrême
violence, et cette violence même en
abrège la durée. D'ailleurs elle n'est

2 *

pas alarmante quand son objet est inconnu. C'est un torrent fougueux, auquel il ne faut point opposer de digues, et que la rapidité même de son cours a bientôt desséché.

J'avais eu soin d'éloigner Honorine; je la fais appeler. Elle se jette dans les bras de son père, qui ne peut la repousser, qui est forcé d'abord de répondre à ses caresses, à ses petits mots enfantins, qui ensuite lui parle, l'interroge, l'attire à lui.

Il la prend sur ses genoux. Quand le cœur parle, la tête se calme. Le dernier sentiment éteint les transports qui l'ont précédé. Francheville rit le premier de son emportement. Il ne veut opposer que le mépris à son dénonciateur. Bientôt il cesse de s'en occuper.

« Voilà, lui dis-je, ce que l'envie » ne nous ôtera jamais. » Nous nous étions rapprochés; nous étions grou-

pés tous les trois ; nos bras étaient
enlacés; nos cœurs étaient délicieu-
-sement émus. La sensibilité de l'enfant était égale à la nôtre.... Chère
enfant, as-tu apporté en naissant le
germe des passions ? Se développera-
t-il avant le temps ? Que Dieu t'en
garde.

Oh! les passions! elle font tant de
mal.... et de bien !

Madame Ducayla paraît; sa présence termine une scène dont l'idée
seule m'avait alarmée, et que nous
aurions si volontiers prolongée.

Je remarque avec une grande satisfaction les effets heureux qu'a pro-
duits cette lettre. Francheville est
tout à son état. Il a renoncé à ces
conversations familières et futiles,
qui rapprochaient les distances, et
lui donnaient la réputation d'un
homme aimable, mais frivole. Il est
remonté à sa place, et il tient les

autres à la leur. Ses subordonnés ,
qui s'étaient relâchés comme lui ,
sont exactement surveillés et rappe-
lés à l'exactitude. Il tient d'une main
ferme les rênes de son administra-
tion.

Et c'est une petite femme, qui,
avec son minois piquant , quelques
caresses et un peu de prévoyance, a
fait tout ce bien-là.

Oh! qu'il est facile de ramener
un homme sur qui on a de l'ascendant! Avec quel empressement il
revient à la raison annoncée par une
bouche qui lui est chère! qu'il est
flatteur pour nous d'être les arbitres
de tout un sexe! Mais autant cet ascendant a de puissance , autant les
effets en sont certains, autant nous
devons être modérées, adroites dans
l'usage que nous en faisons. L'homme
est naturellement fier et vain : notre
empire tombe dès qu'il est connu.

CHAPITRE II.

L'académie et le parterre.

Nous touchons à ce jour tant désiré pour les uns, si redouté par les autres. Notre journal nous annonce la fameuse séance académique, dans laquelle sera couronné le vainqueur. Il nous annonce la première représentation de cette comédie en cinq actes, dont l'auteur n'est pas très-content de Molière, et se met sans façon au-dessus de tous les autres comiques.

Je regrette, à présent, qu'on se soit livré à Brécour à un amusement, qui dans toute autre circonstance ne pourrait être blâmé, mais dont la publicité donnera peut-être du poids à l'accusation portée contre Fran-

cheville, si son nom est connu. Ne
trouvera - t - on pas étrange qu'un
homme, chargé de fonctions im-
portantes, s'amuse à disputer une
palme académique et brave le ridicule qui attend un chétif auteur?
Nous ne pouvons plus disposer de nos
productions ; mes réflexions sont
trop tardives. Il faut attendre l'événement.

L'auteur comique colporte sa pièce
de société en société. Partout on l'applaudit en étouffant quelques bâil-
lemens involontaires, parce qu'on
ne berne pas un homme chez soi,
et on ne peut siffler chez un autre ce
qu'on a trouvé bon la veille. La politesse est presque toujours le vernis
de la fausseté.

Ainsi de proche en proche, et
par égard les uns pour les autres,
on a proclamé *chef d'œuvre* une
pièce que je trouve fort au-dessous

de la plus médiocre comédie de Molière. Personne de nous ne reviendra sur son jugement. Mais nous remplirons les loges, et la bourgeoisie, et nos marins, qui n'ont contracté aucun engagement envers l'auteur, encombreront le parterre, et auront acheté à la porte le droit de juger l'ouvrage. Je prévois une tempête violente, et l'auteur est dans une parfaite sécurité. Il se montre partout d'un air triomphant. Il jette sur les petits poëtes ses confrères des regards dédaigneux. Il publie que la comédie française lui demande sa pièce, et qu'elle sera mise à l'étude le jour même où le manuscrit arrivera à Paris.

Est-ce donc un mal que la punition de tant d'arrogance? Un homme sans mérite a-t-il le droit de nous assassiner de sa fatuité et de ses productions? N'est-ce pas lui rendre ser-

vice que le corriger de façon à le
guérir pour toujours de la manie de
rimailler ? Une disgrace ne peut-elle
tourner à son profit, en le rendant
modeste, et en le portant à des occupations plus utiles et plus lucra-
tives ?

Je crois vraiment qu'on doit siffler
un mauvais auteur.... Mais les bons
sont si rares ! cette rareté même ne
commande-t-elle pas l'indulgence ?...
Tout ce que je peux faire pour notre
poëte, c'est d'observer une exacte
neutralité.

Les affiches couvrent les murs. On
rencontre l'auteur dans chaque rue,
à chaque pas. Il s'arrête devant toutes
les affiches. Il lit, il relit avec complaisance l'annonce de son œuvre fa-
vorite. On s'attroupe autour de lui,
et il harangue les malins qu'il veut
bien prendre pour ses admirateurs.
Il les remercie avec une feinte mo-

destie de la confiance qu'ils accordent à son talent, dont ils ne lui disent pas un mot. Il espère que cette confiance ne sera pas trompée. Il déchire impitoyablement *les fausses infidélités*, qu'on doit donner en petite pièce.

Tous nos amis sont rassemblés à la préfecture. Nous dînons gaiement, et nous nous disposons à nous rendre au spectacle. Du Reynel trouve qu'on digère partout, et il consent à nous accompagner.

Nous voilà dans notre loge. La salle est pleine à s'écrouler ; les musiciens sont forcés de vider l'orchestre ; les coulisses sont encombrées ; de violens *brouhahas* annoncent l'impatience du public. Le rideau se lève... Pauvre auteur ! est-il possible qu'il ne tremble pas ?

Les premiers vers sont applaudis avec transport. Ils me paraissent pourtant bien mauvais. La fureur d'applaudir est portée au point qu'on ne permet à l'acteur de terminer ni un vers, ni un sens. On n'entend rien, on applaudit toujours. Quelques individus, qui ne se croyent pas obligés de trouver bon ce qu'ils ne peuvent juger, couvrent les applaudissemens de leurs clameurs. Les *bravos* couvrent les cris de ceux qui veulent entendre. La pièce est déjà portée au troisième ciel, et personne ne sait encore de quoi il est question.

Un commissaire de police monte sur une banquette, et fait plusieurs signes de la main. Le tumulte s'apaise, le silence règne ; M. le commissaire va parler.

Tout à coup, le parterre en masse se tourne vers notre loge. Un bruit, qui n'avait rien de flatteur pour notre poëte, attire l'attention générale :

c'est du Reynel qui ronfle à faire trembler la salle jusque dans ses fondemens. Les partisans de la pièce s'écrient que du Reynel cabale. Les gens qui veulent entendre, prient M. le commissaire d'ordonner aux acteurs de recommencer. Les autres leur crient de poursuivre. M. le commissaire, prié d'un côté, poussé de l'autre, ne peut articuler un mot et ne sait quel parti prendre.

On crie de différens coins de la salle, que cent cinquante à deux cents matelots, placés au parterre, ont reçu de l'argent pour applaudir à tort et à travers. Les habitans de la ville, ardens, impétueux, ne veulent pas qu'on leur fasse la loi, ni qu'on leur reproche un jour d'avoir applaudi un ouvrage détestable. Ils enjoignent aux comédiens de se retirer. Les comédiens, qui ne distinguent rien de ce qu'on leur adresse, continuent , en riant , de débiter leurs rôles. Devaient-ils rire, devaient-ils pleurer ? C'est ce que personne ne sait , ne saura. Le parti de l'opposition s'exaspère, se courrouce. Les oranges volent sur la scène ; elles frappent les acteurs et les spectateurs entassés dans les coulisses. Ces derniers , furieux, s'avancent, se mêlent avec les comédiens , se rangent en ordre de bataille , et renvoient aux autres les oranges qu'ils en ont reçues. On apprend à la porte qu'un combat vient de s'engager. Les marchandes d'oranges s'introduisent , circulent dans les corridors , et fournissent des munitions à tous les partis.

Comme la passion ne calcule pas , et qu'on n'a pas le temps de compter, on leur paye leurs oranges au décuple de ce qu'elles valent. Elles courent sur le port. On décharge un vaisseau frété pour Rouen. Ce ne sont plus les femmes qui promènent leur panier. Des hommes, chargés de hottes, se succèdent sans interruption. Une grêle d'oranges vole de toutes parts. Le parterre est transformé en un lac d'*orangeade*. Les oranges épuisées, on se fait avec les hottes des armes offensives et défensives. On frappe, on pare. Jusqu'ici, on a plus de peur que de mal.

Bientôt le combat prend un caractère plus sérieux. Les poings remplacent les hottes brisées, les oranges écrasées. On ne voit que nez cassés, qu'yeux pochés. Le commandant envoie une garde à notre loge, et fait entrer cinquante hommes dans le parterre. On prend, on arrête au hasard, comme cela arrive toujours dans les bagarres. On interroge les détenus, et on acquiert la conviction que M. l'auteur a sou-doyé une armée *d'applaudisseurs*, aussi ignares que zélés. On les envoie passer la nuit à bord du vaisseau amiral ; on défend à l'auteur de travailler pour le théâtre, à peine d'être responsable des accidens qu'il occasionnera. On prend le manuscrit des mains du souffleur ; on le brûle sur le théâtre.

Le parti de l'opposition satisfait se retire paisiblement ; et le principal résultat de cette soirée orageuse est que le lendemain les oranges se payaient trente sols.

Ce lendemain, on cherchait l'auteur partout, les uns pour se moquer de lui, les autres pour lui adresser leurs complimens de condoléances : il avait quitté une ville où les talens sont persécutés. Un pêcheur l'a transporté la nuit, lui, ses effets et son argent à bord d'un corsaire barbaresque, et il est allé à Tunis prendre le turban et mettre le koran en vers français.

Tout ceci n'est que plaisant; mais la séance académique est à mes yeux d'une haute importance. J'ai déjà développé mes motifs d'inquiétude, et je donnerais...... mes bijoux, je crois, pour que Francheville n'ait pas envoyé son conte au secrétariat. Le mal est fait; il faut avoir l'air brave : cela en impose quelquefois.

La commission, chargée de l'examen des pièces envoyées au concours, se vante d'une discrétion à toute épreuve. Cependant, il y a toujours quelques causeurs. Un bon mari ne cache rien à sa femme, l'amant à sa maîtresse, et la maîtresse et la dame, sans malignité, sans intention même, disent à l'oreille de leurs bonnes amies les noms des

concurrens, et ce qu'on pense de
leurs ouvrages. A la manière dont
certaines personnes regardent Francheville, en lui parlant de cette séance,
il est aisé de voir qu'on a jasé. La
sotte manie que de vouloir avoir de
l'esprit à contre-temps! N'est-ce pas
assez de briller dans un cercle? A-t-on
besoin d'une misérable médaille, qui
peut être pour nous la source de mille
désagrémens?

En vérité, je suis plus intriguée
que l'était notre auteur comique au
lever du rideau. C'est que Francheville et moi sommes auteurs aussi,
et que nous n'avons pas la même
confiance dans nos forces. Je ne dis
rien de ce que j'éprouve à l'homme
chéri : pourquoi le tourmenter d'a-
vance?

M. le président nous envoie des
billets avec une lettre plus que polie.
Il s'étend avec complaisance sur le
goût,

goût, l'érudition de M. le préfet. Vous verrez que M. le préfet recevra une couronne, l'objet de tant de vœux, et que je redoute pour lui au-delà de toute expression.

L'incertitude et l'impatience sont plus difficiles à supporter que la con-naissance de notre sort, quel qu'il soit. Je presse Francheville, et nous nous rendons tous à l'académie. Au moment où le président fait réson-ner la sonnette, j'éprouve un violent serrement de cœur, et j'ai eu la cruauté de rire de la disgrace de l'au-teur comique! Je crois à présent qu'une scène de sa pièce valait mieux que ce que nous avons fait à sept ou huit.

Le secrétaire perpétuel nous en-tretient très-longuement des travaux de l'académie. J'avais trouvé ses productions assez médiocres. Mais le secrétaire nous répète avec tant d'assurance qu'elles sont excellentes, qu'il n'est pas possible d'en douter, et puis il ne m'est plus permis d'être si difficile.

J'ai eu le temps de me remettre pendant trois grands quarts d'heure que M. le secrétaire a employés à nous entretenir des rares talens de ses confrères. *Asinus asinum fricat*, me dit Francheville en riant. C'est bien le moment de rire ! Je lui demande ce que veut dire son *asinum fricat : un barbier rase l'autre. Passez-moi la rhubarbe, et je vous passerai le séné.* Je suis étonnée qu'on puisse dire tant de choses en trois mots latins.

On parle enfin de ces malheureux discours. Je me fais violence et je crois que mon air est serein. Quelle doit être l'agitation de ceux qui ont quelque faute grave à se reprocher, puisque les suites d'un passe-temps, fort innocent en soi , m'occupent à ce point !

On s'étend sur le fort et le faible de chaque ouvrage. On en lit les passages qu'on juge dignes de fixer l'attention. On regrette que d'autres endroits faibles aient forcé l'académie à rejeter ces pièces. On ne nomme personne , et jusque-là tout va bien.

On prie l'assemblée d'entendre la lecture d'un morceau charmant , ouvrage d'une dame aussi respectable par son rang , qu'estimable par ses qualités. On ne trouve d'autre défaut à cet ouvrage que de n'être pas écrit dans le genre indiqué par l'académie, qui demandait un discours , et qui ne trouve ici qu'un conte , mais un conte plein de philosophie et de grâce. Tous les yeux se tournent sur moi ; toutes les mains sont prêtes à applaudir. Je ne sais quel maintien prendre.

Je n'ai pas fait de conte, moi. J'ai fait, la rhétorique de Gaillard à la main, un vrai discours académique, bien sec, bien froid, et peut-être très-décousu. On lit..... Hé ! bon dieu c'est le conte de Francheville qu'on m'attribue. Je veux parler ; je veux détromper l'assemblée. Les applaudissemens couvrent ma voix. Je suis proclamée auteur, et auteur *délicieux*. Jamais femme n'a écrit avec ce goût, cette finesse. Ah ! je ne suis, ni *Sévigné*, ni *La Fayette*, ni *Riccobini* ; mais je suis *la femme du préfet*.

On m'entoure, on me salue, on me félicite. Je m'enroue à crier que je ne suis pas l'auteur de l'ouvrage ; que [d'ailleurs on ne doit nommer que celui qui obtient le prix. Le président me demande pardon d'une 'ndiscrétion qui tourne au profit de ma gloire. Si je suis fâchée d'être auteur, je suis bien aise au moins qu'on ne parle pas de Francheville. Un préfet peut avoir le malheur d'épouser une folle, et ne s'occuper que des devoirs de son état.

M. le président parle enfin de la pièce couronnée, et il nomme avec emphase M. le préfet. On m'a attribué le conte de mon mari; on va sans doute lui imputer quelque rapsodie.... précisément. C'est mon discours, à moi, que le secrétaire lit avec une prétention à faire mourir de rire tout l'auditoire, moi exceptée. Il veut faire valoir jusqu'à un mot, jusqu'à une virgule, et il s'arrête à la fin de chaque paragraphe, et il regarde l'auditoire d'un air qui veut dire : Hé bien ! qu'en pensez-vous ? Voilà du beau, du bon. Partez donc, et on applaudit à se faire entendre de la rue. Pauvres moutons

que nous sommes ! Comme nous nous
laissons mener !

Cependant il faut que je dise, pour
justifier un peu nos auditeurs, que si
mon discours ne vaut rien, le préfet est très-aimé, qu'il vient d'obtenir des fonds pour la restauration de
la bourse et de quelques autres mo-
numens publics, et il est naturel à
des cœurs reconnaissans de saisir la
première occasion qui se présente
pour manifester leurs sentimens.

Francheville me prend par la main,
et veut me conduire au bureau. Je
me défends, il insiste. Je cède à la
crainte de paraître au public plus
ridicule encore que mon discours.

Le préfet déclare à M. le président que je suis l'auteur de la pièce
couronnée. Il remercie l'académie,
avec un ton très-décent en appa-
rence, très-ironique au fond, de
l'équité qu'elle a mis dans son juge-

ment. Je lui serre la main de toutes mes forces pour l'empêcher de poursuivre. Il continue son discours, moitié poli, moitié impertinent. Je lui briserais les doigts, si je le pouvais.

Il dit à M. le président que *monsieur* et *madame* qui précèdent nos noms cachetés au haut de notre ouvrage, sont écrits en abrégé, et que l'académie a pris l'un pour l'autre. Le public rit du *quiproquo*. Le président rougit, et se dispose à répondre au nom de sa compagnie. On écoute, on éclate de tous les côtés. Le pauvre président ne sait plus où il en est. . . . . ni moi non plus.

Monsieur le préfet passe à la réplique. La séance va se passer en conversation entre lui et monsieur le président. Francheville a l'air de s'amuser beaucoup : l'auditoire se range

de son côté ; moi je suis au sup-
plice.

Je ne conçois pas qu'un homme
du caractère de Francheville se permette de berner une académie : ce
n'est pas qu'une académie ne soit
quelquefois très - bernable. Mais il
faut savoir respecter les convenances.

Le président cherche la médaille
pour me la présenter. Je me flatte
enfin de voir finir une séance infini-
ment désagréable pour moi ; elle est
interminable. La chienne de médaille
a disparu. Le président se tourne, se
retourne. Ses confrères s'agitent,
vont, viennent, regardent dessus,
dessous les banquettes. « Elle était
» là, sur mon bureau, dit le prési-
» dent. Elle y était, répète l'accadé-
» mie en corps. » Je la voudrais au
fond de l'océan.

Me voilà droite, immobile comme

une statue, attendant ma médaille, enrageant contre l'académie, contre Francheville, contre moi, et me promettant bien de ne plus écrire de ma vie. L'huissier passe dans les premiers rangs de l'assemblée; il regarde, il tâtonne partout. Les femmes rougissent, les hommes se fâchent; moi, je m'échappe, je gagne les corridors, la rue, ma voiture. Je rentre à l'hôtel, fatiguée, excédée, anéantie.

Francheville paraît une heure après, il se laisse tomber dans un fauteuil en se tenant les côtés, et en prolongeant des éclats de rire auxquels je ne comprends rien, et qui ne me paraissent pas du tout plaisans. La médaille s'est trouvée; devinez où: dans la perruque d'une dame, qui passait pour avoir les plus beaux cheveux du monde, et dans laquelle l'avait jetée un geste très-

3 *

prononcé du président. L'huissier a
vu briller la médaille à travers la
chevelure postiche , et l'empressé
maladroit a enlevé et chevelure et
médaille.

Peut-on se faire une idée de la
confusion d'une femme , dont un instant auparavant on admirait la grâce
et la noblesse , et qui , tout à coup ,
ne montre plus qu'un chef nu et pelé ?
Elle s'est trouvée mal , dit Francheville. A sa place, je crois que je serais
morte.

Les sarcasmes , les plaisanteries,
les éclats de rire répétés ne permettent plus à aucun académicien de se
faire entendre. Quelle mortification
pour ceux qui comptaient que leurs
petits vers obtiendraient de longs
applaudissemens ! Le président sonne , sonne, casse sa sonnette. Les
éclats de rire recommencent , parce
que l'huissier, se hâtant de réparer

sa sottise, en a fait une nouvelle. Il a replacé la perruque de la dame, et a mis le derrière par devant.

Le mari, exaspéré, prend sa femme, l'entraîne. Les rieurs le suivent jusque dans la rue. Il est trop heureux de trouver un carrosse de place, et d'échapper à ses opiniâtres adversaires.

Francheville ne s'est jamais, dit-il, plus amusé que ce jour-là. Il a rendu la scène complète, en remettant la médaille à monsieur le président, et en le priant de la consacrer à un nouveau prix, dont le sujet sera *l'éloge de l'impartialité*. Pour mettre la sienne en évidence, l'académie lui a demandé la permission de faire imprimer mon discours et il y a consenti. Oh! je ne tiens pas à ce dernier trait! Je me prononce avec fermeté. Bien certainement je ne serai pas imprimée.

Je ne veux pas être confondue avec ces femmes qui s'éloignent de leurs maris, de leurs enfans, pour vivre avec leur écritoire. Je trouve une femme qui prend la plume, aussi ridicule qu'un homme qui se sert d'une aiguille. Quel ouvrage de génie est sorti de la main d'une femme ? Quel dédommagement la littérature offre-t-elle à celles qui renoncent, pour une gloire toujours contestée, à l'amour, à l'amitié, à l'esprit d'ordre, qui seul maintient les fortunes? De fades adulateurs affectent d'admirer leur médiocrité ; le critique les écrase par l'indulgence même qu'il accorde à leur sexe. Les hommes sans mérite ne leur pardonnent pas d'en avoir plus qu'eux; la masse des gens raisonnables les condamne, et, après avoir joui d'une célébrité de coteries, elles vieillissent et meurent dans l'abandon et dans l'oubli :

non ; je ne serai pas imprimée.

Francheville se rend à la solidité de mes raisons ; il fait retirer mon manuscrit. Que ne peut-il effacer de la mémoire de cinq cents spectateurs ce qui s'est passé dans cette journée, si amusante pour lui, si pénible pour moi, et par les incidens, et par les réflexions qu'ils font naître !

Le téméraire, dit-on, attend le coup et le brave. Le sage, le prévoit et le détourne. Je serai ce sage-là. J'écrirai au prince. Le prévenir, c'est gagner beaucoup : les hommes reviennent difficilement sur le premier jugement qu'ils ont porté. Je lui rendrai conte de cette séance. Je me chargerai de toutes les folies, de toutes les inconséquences de Francheville. J'en parlerai avec la légèreté, la gaîté qui peut les rendre plaisantes. Faire rire son juge, c'est le désarmer.

Mon historiette courra tout Paris. On se l'arrachera, on s'en amusera pendant vingt-quatre heures, et les rapports qui pourront venir ensuite, ne trouveront que des gens froids et indifférens.

Je vais donc enfreindre mon serment, et être encore une fois auteur; mais cette fois mon motif est louable : je veux écarter de mon époux le trait acéré de l'envie.

De l'envie! une place donnée fait cent mécontens. Sur ce nombre, j'en suppose dix honnêtes, et c'est beaucoup. Le reste épie l'instant de punir le préféré de l'avantage qu'il a obtenu.

CHAPITRE III.

L'éducation.

L'INSTANT approche où Honorine, heureuse jusqu'ici de ses jeux enfantins, s'occupera de choses solides. Les agrémens éblouissent ; les qualités fixent. On les aperçoit lentement, difficilement; mais elles laissent une impression durable. Honorine aura des qualités. Les talens viendront ensuite.

Les beaux-arts, répète-t-on sans cesse, font le charme de la vie. Pour être vrai, il faudrait dire : les beaux-arts sont le plus agréable des délassemens.

Faire des beaux-arts le charme de sa vie, c'est s'en occuper exclusivement, c'est leur sacrifier son état, sa fortune , et ses espérances. En faire un simple délassement , c'est se conduire en être raisonnable.

Tel qui se passionne pour les beaux-arts , en quittant les bancs de l'école , voit la gloire dans l'éloignement ; il entend déjà la trompette de la renommée , et il croit fermement qu'une couronne de lierre et une trompette suffisent au bonheur de la vie.

Que devient-il à cinquante ans, lorsqu'après des efforts multipliés et soutenus, la couronne lui échappe et la trompette se tait? Il dit en proie aux regrets : les beaux-arts ne mènent à rien.

Et si au lieu des éclats flatteurs de la trompette , il entend l'aigre et humiliant bruit des sifflets , il s'écrie : les beaux-ars sont le fléau de la vie.

Quelle est alors son unique ressource ? d'accuser ses contempo-

rains de mauvais goût et d'ingratitude et de boucher ses oreilles,
lorsque la trompette sonne pour un
autre.

Et que gagne cet autre pour qui
la trompette sonne! Les clameurs
de l'envie le poursuivent; elles lui
ôtent le repos et le sommeil; le
chagrin le mine et le ronge.

Oh! c'est une bien belle chose que
les beaux-arts... Pour l'homme opu-
lent qui s'en amuse.

Si nous descendons des beaux-arts
aux arts d'agrément, nous trouvons
dans chaque coterie un petit poëte
sans conséquence, qui a passé sa
journée à préparer les *impromptus*
qu'il débitera à la dame chez qui
il doit dîner; un chanteur, qui a
travaillé l'air qui doit faire oublier
les impromptus; un danseur, qui
ne dit rien, mais qui dîne, parce
qu'on espère que mademoiselle aura

dans trois mois les bras plus souples et plus arrondis.

Ces messieurs-là ont aussi leur petite trompette : c'est la voix doucereuse de la dame de la maison , qui vante le soir leurs talens à ceux qui viennent faire leur cour à monsieur , parce qu'ils en attendent une place , où parce qu'il perd volontiers son argent à *l'écartée.*

Ils saluent les protégés de madame , en avançant imperceptiblement le menton ; ils leur tournent le dos pour considérer une jeune héritière , que personne n'aime et que tout le monde veut épouser , pour adresser de jolies choses à une dame qu'il est du bon ton de trouver charmante , et qui d'un sourire fait une réputation. Quelques négocians parlent *bourse;* des jurisconsultes discutent un point de droit ; les jeunes gens parlent chevaux; les jeunes femmes modes. Pendant ce temps-là, on apprête les tables de jeu. Le petit poëte, le chanteur, le danseur disparaissent, et vont à leur quatrième étage arranger leur écot du lendemain.

On prend les cartes, on perd, on gagne, on digère, on se retire à minuit, pour reprendre les cartes le lendemain. On fera la même chose pendant trente, quarante ans, et on aura cru jouir de la vie.

Au milieu de la partie, arrive un jeune homme... Oh! celui-ci est un personnage important. Toutes les femmes posent leur jeu, se tournent d'un air empressé; toutes lui sourient; toutes semblent l'inviter à parler... Que va-t-il dire?

Il sort du Théâtre Français. Il a vu tomber une pièce pitoyablement écrite : il ne sait pas l'orthographe. Mademoiselle une telle a joué horri-

blement; mademoiselle une telle a
rejeté ses vœux. Un homme raisonnable, qui ne juge pas les nouveau-
tés du fond d'un salon, lui demande
des détails. Le jeune homme fait
une pirouette sur la pointe du pied ,
tire une boîte de jujube, s'excuse sur
la faiblesse de sa poitrine, et court
adresser à une femme, qu'il voit
pour la première fois , des complimens si hors de propos, qu'ils res-
semblent à des impertinences. Les
autres femmes s'impatientent , se
dépitent. Le jeune homme jouit de
leur petite colère; il s'échappe avec
inhumanité. Les regrets le suivent ,
l'accompagnent. C'est un homme à
la mode. Pourquoi? on n'en sait rien.

Ce jeune homme va de cercle en
cercle promener sa fatuité. Il rentre
ensuite chez lui et s'imagine avoir
employé sa journée.

Pourquoi cette nullité de tant de

jeunes gens qui pouvaient être laborieux et utiles ? Pourquoi ces jolies têtes si fraîches, si séduisantes, que la raison pourrait embellir encore, sont-elles si légères, si futiles, si vides ? A quoi attribuer cette sorte de dégradation de la portion la plus intéressante de l'espèce humaine ! A l'amour immodéré des arts.

Voulez-vous juger de l'esprit d'une nation ? demandez ce que coûtent un maître de langue et un maître de chant. Quelque réponse qu'on vous fasse, la question sera résolue.

Une soirée s'ouvre. Quelle est la jeune personne qui sera l'objet de toutes les prévenances et de tous les égards ? sera-ce celle qui, dirigée par une mère prévoyante, apprend d'elle à bien conduire une maison, à suppléer, par l'ordre et l'économie, à ce qui manque en moyens ; qui cache cette économie sous un air

d'aisance, et qui fait tout valoir par
des grâces naturelles; qui , exercée
à mille petits ouvrages agréables et
utiles, se suffira à elle-même, et ne
payera pas un impôt périodique à
celles qui vivent des folies d'autrui ?
Non.

Celles qui fixeront invariablement
l'admiration , celles qui attacheront
tous les hommes à leurs pas, seront
celles qui dansent le mieux *la russe* ,
qui exécutent avec le plus de netteté
une difficulté de *piano* ou de *harpe*.

Je conviens qu'on peut danser la
russe et pincer de la harpe sans
négliger les choses essentielles. Mais
lorsque les petits arts occupent exclusivement toutes les classes de la société , que les hommes y attachent le
plus grands prix , et que des grands
succès dépendent leurs hommages ,
il est tout simple qu'une jeune per-

sonne consacre des années entières à les mériter.

Séduits par la vogue, par quelques agrémens extérieurs, des hommes, sensés d'ailleurs, épousent ces demoiselles-là. Cependant on se lasse d'entendre pincer de la harpe, et de voir danser la russe à sa femme. On lui cherche des qualités ; on ne trouve que la harpe et la russe. L'ennui prend des deux côtés. Pour s'y soustraire, la jeune femme, qui ne sait vivre que de plaisirs, court dans tous les quartiers de Paris danser la russe et pincer de la harpe. L'époux, isolé, cherche partout sa compagne. Ici il trouve de la musique ; là, des chaussons de bal ; plus loin, une femme de chambre, qui dort en attendant sa maîtresse.

Madame rentre au lever du soleil. Elle a les yeux cavés, la figure tiraillée. Son mari lui adresse de tendres reproches. Elle y répond en lui annonçant qu'elle donne le lendemain une fête, où elle réunira les *virtuoses* les plus distingués de Paris. Monsieur fait des observations. Madame ne conçoit pas qu'on ne mette point un virtuose au-dessus de tout. Monsieur se défend. Madame insiste ; elle menace , elle intimide : la fête a lieu. On en donne dix , on en donne trente. On dépense en parures et en bijoux au-delà de ce que coûtent les fêtes. Au bout de quelques années , madame n'a plus ni fortune , ni beauté. La harpe semble repousser son bras, dépouillé de ses grâces ; personne ne lui fait danser la russe ; et , de sa vie , elle n'a su faire que cela.

Celle dont nous parlions tout à l'heure, qui a de l'économie, l'amour de la retraite et du travail , de l'esprit sans prétention, s'est mariée un

peu

peu tard, parce qu'elle n'est pas très-
jolie. Elle n'a pas épousé un violon-
celle, un cor, un recueil de madri-
gaux. Elle a eu le bonheur de ren-
contrer un homme honnête et sensible, qui regrète chaque jour de ne
l'avoir pas épousée plutôt.

Chaque jour, elle acquiert de nouveaux amis, et elle n'en perd aucun.
On la considère autant qu'on l'aime,
et ses yeux seront fermés par des
enfans, qui n'auront pas épuisé leur
sensibilité en dansant la russe et en
pinçant la harpe.

« Je croyais, madame, n'impro-
» viser qu'une historiette, et je viens
» presque d'esquisser un plan d'é-
» ducation. Auquel de ces modèles
» voudriez-vous que votre fille res-
» semblât? Je ne crois pas que vous
» balanciez à me répondre. »

— « Mais, madame, vous ne
» voulez faire que des *femmes de*

» *ménage*, et ces femmes-là sont
» *souverainement* ennuyeuses. Elles
» sont *complètement* déplacées dans
» le monde. »

— « Ces femmes, souverainement
» ennuyeuses aux yeux de quelques
» étourdis, sont précieuses à ceux
» de leurs maris, qui ne les ont pri-
» ses que pour eux. Elles sont dépla-
» cées dans le monde : aussi y vont-
» elles rarement, et pour accorder
» quelque chose à l'usage. C'est chez
» elles qu'elles remplissent digne-
» ment la place que la nature leur a
» assignée. C'est là qu'elles sont en
» rapport parfait avec ce qui les en-
» vironne. L'affection, et la recon-
» naissance de l'époux, l'amour et la
» docilité des enfans, l'attachement
» respectueux des domestiques, l'ai-
» sance et le bonheur croissant cha-
» que année, la satisfaction de tous,
» voilà les sources inépuisables de sa

» félicité. Une vie régulière, la paix
» de l'âme entretient sa fraîcheur et
» sa beauté. Elle est belle encore,
» lorsque certaines femmes, du même
» âge, n'offrent à l'œil attristé que
» des débris. Elle n'est pas orgueil-
» leuse de ses charmes ; elle ne
» les dédaigne pas non plus : elle
» sait que la rose doit les soins qu'on
» lui donne à son éclat et à son par-
» fum. »

— « Mais, madame, quelle est
» la jeune personne qui consentira à
» perdre ses plus belles années dans
» la retraite, pour se livrer exclu-
» sivement ensuite à un époux que
» peut-être elle n'aimera pas ? »

— « Ce sera celle que sa mère aura
» élevée dans de bons principes, et
» qui surtout lui aura parlé par ses
» exemples ; celle qui n'aura jamais
» entendu louer une autre demoiselle
» parce qu'elle est jolie, ou qu'elle

» a des talens, mais parce qu'elle a
» des qualités ; celle par qui ces pe-
» tits talens de société ne seront con-
» sidérés que comme le délassement
» d'un travail nécessaire ; qui n'aura
» pas la prétention de briller dans
» un bal, et qui se bornera à s'y
» amuser avec décence ; qui surtout
» n'y dansera ni la russe, ni la walse,
» genre qui annonce la dépravation
» des mœurs, et que le relâchement
» des nôtres a pu seul introduire
» dans la société.

» Elle se livrera exclusivement à
» son époux, parce qu'elle aura une
» idée précise et nette de ses devoirs.
» Elle l'aimera, parce que l'amour
» est un besoin pressant, et que sa
» mère lui aura présenté l'homme
» qui peut inspirer et justifier ce sen-
» timent. »

— « Et quelle est, je vous prie,
» madame, la mère jeune, jolie, adu-

» lée dans le monde, qui voudra
» s'en séparer, se renfermer chez elle
» pour faire de son enfant une espèce
» de phénomène, dont plus tard la
» conduite sera la satire de celle des
» autres, et qui, par cette raison,
» sera vue partout avec défaveur? »

« — « Moi, madame. »

« — Vous, madame? Vous aurez
» sans doute plus de mérite que qui
» que ce soit à consommer un pa-
» reil sacrifice. Mais ne craignez-vous
» pas que les maîtres que vous don-
» nerez à votre Honorine ne détrui-
» sent insensiblement l'effet de vos
» leçons de morale? Il est presque
» impossible de ne pas revenir fré-
» quemment à ses goûts et à ses ha-
» bitudes, et des maîtres qui vivent
» de ce que vous appelez nos folies,
» doivent en parler avec un enthou-
» siasme, qui peut finir par séduire
» et entraîner. »

— « Ma fille n'aura pas de maî-
» tres, madame. »

— « Je sais, depuis quelques an-
» nées, que madame est charmante;
» j'ignorais qu'elle sût tout. »

— « Je ne sais rien, madame.
» Mais je suis encore à l'âge où on
» apprend à peu près ce qu'on veut.
» Les maîtres seront pour moi, et
» je serai le maître de ma fille. Ne
» croyez pas d'ailleurs que je me
» propose d'en faire une savante; je
» veux d'abord former son cœur, et
» pour cela je me flatte de n'avoir
» besoin de personne. La connais-
» sance de sa langue, de l'histoire
» et de la géographie; quelques idées
» de littérature, voilà pour l'esprit.
» Le dessin, la musique, voilà pour
» le délassement. Un peu, très-peu
» de danse, voilà pour le monde :
» et c'est à cela que je réduis mon
» plan d'éducation. »

— « Je ne trouve dans ce plan
» aucune analogie avec l'Émile de
» Rousseau. »

— « Les lois les plus sages, ma-
» dame, ne sont pas celles qui pa-
» raissent les meilleures en elles-
» mêmes, mais celles qui s'accordent
» davantage avec l'esprit, le carac-
» tère, les inclinations du peuple à
» qui elles sont destinées. Il en est
» de même des traités d'éducation.
» Nous n'en avons pas, nous n'en
» aurons jamais qu'on puisse appli-
» quer à tous les individus. Il en fau-
» drait un à chaque élève, comme
» il faut un code à chaque nation.
» Rousseau, que vous citez, était
» un homme de grand mérite,
» mais qui voulait arriver à la célé-
» brité autant par sa singularité que
» par son talent. Il peut être utile
» au fils d'un homme riche de savoir
» un métier, mais il est choquant

» qu'on veuille le marier à la fille du
» bourreau. »

— « Vous allez vous imposer,
» madame, une tâche longue et dif-
» ficile. »

— « Je m'efforcerai de la remplir,
» madame. Un enfant doit-il quelque
» chose à sa mère, qui, en lui don-
» nant l'existence, n'a cédé qu'à l'at-
» trait du plaisir; qui lui a refusé
» son sein, que lui destinait la na-
» ture; qui, plus tard, l'abandonne
» à des mercenaires, et qui, enfin,
» dépourvue de prévoyance autant
» que de tendresse, le lance dans le
» monde, sans lui en avoir indiqué
» les écueils, sans s'inquiéter de son
» avenir? Qu'attendra-t-elle dans un
» âge plus avancé de cet enfant qu'elle
» a constamment méconnu? L'indif-
» férence et l'abandon. »

— « Vous trouverez, madame,

» plus de détracteurs que d'imita-
» teurs. »

— « Tant pis pour mon siècle,
» madame. »

— « Permettez-moi de vous de-
» mander une grâce. »

— « Ordonnez, madame. »

« Je vous prie de ne pas divulguer
» vos opinions. »

— « Je ne cherche point à faire
» des prosélytes. »

— « La publicité de vos idées
» pourrait avoir de l'influence sur
» l'esprit de nos maris. Toujours dis-
» posés à se créer de nouveaux droits,
» et à abuser de leur autorité, ces
» messieurs prétendraient peut-être
» faire de nous des nourrices et des
» instituteurs, et ce n'est pas du tout
» pour cela que nous nous sommes
» mariées. »

— « Soyez tranquille, madame.
» Les hommes sont, à peu de chose

4*

» près ; aussi frivoles que les femmes.
» Ils verraient probablement avec
» quelque plaisir la leur vivre dans
» la retraite ; mais ils chercheront
» toujours à fixer celles des autres
» dans le monde, et celui qui affi-
» cherait la prétention dont vous
» parlez, serait à l'instant même
» frappé de ridicule, que tout Fran-
» çais redoute plus que la mort. »

— « Je vous salue, madame, et
» je vais passer ma soirée à l'opéra
» *Buffa*. »

— « Je vais passer la mienne entre
» ma fille et mon mari. »

CHAPITRE VI.

La Correspondance.

FIDÈLE au plan que je me suis tracée, je goûtais depuis quelques jours un plaisir nouveau pour moi. Je cultivais l'esprit et le cœur d'une enfant avide d'apprendre et de sentir. Francheville, témoin de nos efforts, applaudissait à nos succès. Il les préparait quelquefois par des conseils très-raisonnables, et je m'empressais de les suivre, parce que je n'ai pas l'orgueil des maîtres, qui croient tout savoir, et qui se fâchent, quand on leur prouve le contraire.

Nous déjeunions en famille, et madame Ducayla ajoutait à nos sensations tout le charme de l'amitié, quand on nous apporta nos lettres et les journaux.

La première que nous ouvrons est de monsieur de Sainte-Luce. Elle est adressée à mon mari. Il s'excuse sur la précipitation de son départ d'une manière très-vague, mais enfin il remplit un devoir de politesse, et je lui en sais bon gré. Il n'a pu écrire plus tôt, parce qu'il a été examiné, reçu et embarqué à Toulon, sans pouvoir disposer d'une heure. Tout cela peut n'être pas bien vrai : mais en pareille circonstance, mentir c'est reconnaître ses torts. Il vient de relâcher à Brest, à la suite d'une expédition périlleuse, et il finit par les complimens d'usage. Il prie mon mari de me faire agréer son hommage respectueux.

Son hommage respectueux ! pas une phrase, pas un mot affectueux qui me concerne !..... Francheville

me regarde..... « Il t'aime toujours:
» cette extrême réserve en est la
» preuve. Et c'est moi qui ai fait
» naître cet amour-là, qui l'ai entre-
» tenu, nourri! Ah, Fanchette! tu
» as oublié Sainte-Luce, je le crois,
» j'en suis convaincu; mais ce mal-
» heureux jeune homme souffre, et
» sa peine ajoute à mes regrets. »
Madame Ducayla prend un journal,
et lit à haute voix pour forcer notre
attention et détourner des idées pénibles. Elle n'a pas prévu que monsieur de Sainte-Luce occupe une
partie de cette feuille.

« La frégate *la Voltigeante* sor-
tit du port de Toulon le deux du
mois dernier. Croisant aux environs
d'Ouessant, elle signala un bâtiment
anglais, lui donna chasse, et l'ennemi baissa ses hautes voiles pour
l'attendre. Le combat s'engagea à la
portée du pistolet.

»Le bâtiment français portait trente-
six pièces de canon et deux cent cinquante hommes d'équipage. *L'Amphytrite* en avait trois cents et qua-
rante-quatre pièces d'artillerie.

» Une seule décharge de mous-
queterie tua le capitaine, un lieu-
tenant, vingt hommes de *la Voltigeante* et coupa la drisse du pavillon.
Monsieur de Sainte-Luce, aspirant
de première classe, courut d'un
gaillard à l'autre, à travers une grêle
de balles, et rétablit le pavillon.

» Le combat se soutint pendant
trois heures avec une extrême vivacité. Des deux côtés, les voiles étaient
en lambeaux, les manœuvres ha-
chées, les mâts endommagés. La
mort faisait un ravage affreux sur les
deux bords. Mais *la Voltigeante*,
inférieure en forces, souffrait plus
que *l'Amphytrite*. Elle avait perdu
la moitié de son équipage, tous ses

officiers, et elle soutenait encore l'honneur du nom français.

» Monsieur de Sainte-Luce prit le commandement. Son exemple encourageait ce qui lui restait de monde à faire de nouveaux efforts, lorsqu'on vint l'avertir que le feu était à la sainte-barbe. Il y descendit, et jugeant qu'il était impossible, au milieu du carnage, des cris, du tumulte, de diriger les secours nécessaires, il prit à l'instant son parti. Le vaisseau brûle! cria-t-il; allons en conquérir un autre.

» Ce cri, *le vaisseau brûle!* ranime l'équipage fatigué. Chacun sent qu'il ne peut devoir son salut qu'à la victoire. On quitte les batteries; on se porte sur le tillac; on se serre autour du jeune chef; on attend le signal.

» Les deux bâtimens étaient dans l'impossibilité de manœuvrer. Un vent faible portait peu à peu *la Vol-*

tigeante sur *l'Amphytrite*. Monsieur de Sainte-Luce fait jeter les grappins, et s'élance la hache à la main à la tête de son équipage. Les Anglais se défendent en braves gens ; mais les Français ont juré de mourir ou de vaincre. En un instant le pont de *l'Amphytrite* est jonché de morts. Sainte-Luce est partout, et partout la gloire l'accompagne. Le pavillon anglais tombe ; le pavillon français le remplace ; *l'Amphytrite* est rendue.

» Français, Anglais se réunissent pour éloigner la frégate anglaise de *la Voltigeante*, qui vomissait les flammes par ses sabords. A peine en est-on à quelques toises, qu'elle saute avec un fracas horrible. La mer et le pont même de *l'Amphytrite* sont couverts de débris.

« Des bâtimens légers sortirent du port de Brest, et vinrent remorquer la frégate anglaise. »

Quelle valeur dans le combat, et quelle modestie après la victoire ! Il n'en dit pas un mot dans sa lettre.

Encore une lettre de Brest. Elle est du préfet maritime.

« J'apprends, monsieur, que vous protégez M. de Sainte-Luce. Applaudissez-vous de l'intérêt que vous lui portez : il le justifie par des qualités qui ne distinguent pas toujours les vieux marins. Nous l'avons reçu ici au son des fanfares. Nous l'avons comblé des éloges les plus mérités. Nous allons lui donner des fêtes, et j'espère que les grâces de la Cour récompenseront sa bonne conduite, sa valeur et son dévouement.

Oh ! oui, on le récompensera. Oh ! si j'étais la distributrice des grâces !...

» Je ne vous cache pas cependant qu'il nourrit une passion secrète, qui peut à la longue le dominer entièrement et lui faire tout oublier.

Lui faire tout oublier ! M. le préfet
maritime oublie lui - même qu'aux
siècles brillans de la chevalerie, l'a-
mour faisait les héros.

» Pendant le combat, dont les pa-
piers publics vous donneront les détails, on l'a vu plusieurs fois tirer
quelque chose de son sein, le porter
à sa bouche, sur son cœur. On l'a entendu répéter : tout pour elle... mourir pour elle... vaincre pour elle.

Oh ! ce gant !.... Cette boucle de
cheveux !...

« Je vous engage à lui faire à ce
sujet les plus sérieuses représenta-
tions. Il serait fâcheux qu'un jeune
homme, qui donne d'aussi grandes
espérances, se sacrifiât à l'amour. »

Hé ! n'est-ce pas pour lui, par lui
que Sainte - Luce a vaincu ?.... Ce
gant, cette boucle de cheveux !.....
ils lui étaient chers, il s'en occupait
au milieu d'un combat terrible.......

Tout pour moi! mourir pour moi! vaincre pour moi!....

Quelles idées m'agitent en ce moment? Je me sens attendrie, émue; des larmes roulent dans mes yeux; Honorine les essuie, et l'aspect de cet enfant les fait couler en abondance : je me souviens des exemples que je lui dois, de ce que je dois à son père, et c'est dans ses bras que je vais cacher mon trouble et ma douleur.

« Ta blessure était mal fermée, » me dit-il à voix basse; elle vient » de se rouvrir. Ah! malheureux, » qu'ai-je fait? »

Je ne lui réponds rien. Que pouvais-je lui répondre? Je m'efforce de le rassurer par mes caresses; je l'en comble, je l'en couvre...... Est-ce bien à lui qu'elles s'adressent?

Oh! mon cœur, mon pauvre cœur, n'auras-tu jamais de repos!

Voilà une lettre de Paris à mon adresse. Je reconnais l'écriture du prince. Je ne sais quel triste pressentiment m'afflige. Je cherche à l'éloigner comme un enfantillage : il se reproduit malgré moi...... Hélas ! il n'était que trop fondé.

« Madame,

» J'ai reçu votre joli roman. J'applaudis à la manière piquante par laquelle vous dénaturez des incidens peu honorables pour quelqu'un qui vous touche de très-près, et je loue le motif qui vous a déterminée à vous charger du ridicule et du blâme que vous n'avez pas mérités.

» Cette tentative, très-estimable, n'a pas eu le succès que vous en espériez. La vérité a percé jusqu'ici. On y sait que c'est monsieur, et non madame, qui, après avoir concouru pour un prix qu'il ne devait pas ambitionner, s'est conduit dans une séance académique avec une légèreté, une inconvenance qu'il a portées jusqu'à l'oubli de ce qu'il se devait à lui-même et que l'assemblée n'a pu supporter que par considération pour sa dignité. Cette incartade a rappelé les torts qu'on lui a précédemment imputés, et a donné un grand poids aux accusations dirigées alors contre lui. Un personnage auguste m'a parlé de tout cela avec une force de raisonnement qui m'a réduit au silence, et vous ferez bien de déterminer celui dont je vous parle à donner sans délai sa démission. C'est le seul moyen de prévenir une destitution, toujours humiliante, de quelque prétexte qu'elle soit colorée.

Je suis, etc. »

Francheville lit sur ma figure l'impression douloureuse que me fait éprouver cette cruelle lettre. Il la prend, la lit, je l'observe avec at-

tention. L'étonnement, la stupéfaction se peignent dans tous ses traits; une nuance d'accablement leur succède, et bientôt sa sérénité ordinaire l'emporte sur ces tristes sensations. « Tu avais raison, me dit-il, et
» l'événement m'éclaire. Je me suis
» conduit comme un fou; mais je
» réparerai mes extravagances, en
» supportant mon sort en homme
» courageux et résigné. L'extrême
» sévérité dont on use envers moi
» ne m'ôtera point le souvenir du
» bien que j'ai fait, de celui que je
» me proposais de faire, et posses-
» seur d'une fortune indépendante,
» vivant entre Fanchette et Hono-
» rine, je serai encore très-heu-
» reux. »

J'ai eu peu de jouissances aussi vives que celles que je ressentis en voyant un homme, accoutumé à la représentation, et fait pour prétendre à tout, tomber avec fermeté d'une grande place, se ranger sans murmurer au rang de citoyen obscur, et borner tous ses vœux aux douceurs d'une vie domestique. Son courage releva le mien. Je l'embrassai avec une force d'admiration, d'enthousiasme, de tendresse, qui ramena le sourire sur ses lèvres. Nous restâmes long-temps dans les bras de l'un de l'autre, nous les ouvrîmes à Honorine ; madame Ducayla s'y jeta avec elle, et nous déclara que son attachement était indépendant des circonstances, et qu'elle nous suivrait partout.

Francheville écrivit, et le jour même il répandit partout qu'il venait de donner sa démission. Dès ce moment, l'hôtel de la préfecture fut désert ; et comme on ne ménage plus un homme dont on n'a rien à espérer ni à craindre, les sarcasmes,

les quolibets, les plaisanteries inju-
rieuses plurent de toutes parts. Du
Reynel, Montbrun, sa femme, sa
fille, le vieux George nous rendaient
compte de tout, et celui que notre
disgrace affectait le plus, c'était ce
digne domestique.

L'académie persiflée, ridiculisée
par Francheville, se vengea dès
qu'elle put le faire avec impunité.
Les épigrammes, les couplets nous
étaient directement adressés ; on
avait la cruauté de venir les chanter
le soir sous nos croisées. Francheville
conservait un calme inaltérable. Je
l'admirais.

Les employés mêmes de la préfecture prirent un ton de familiarité
offensante : grande leçon pour ceux
qui ont des flatteurs, et qui croient à
leur sincérité. Les hommes rampent
devant l'autorité, et sont rarement
les amis de ceux qui l'exercent.

Je

Je n'avais protégé personne : je ne m'étais pas fait d'ennemis. On m'épargna ; mais je n'en étais pas moins sensible aux indignités dont on accablait mon mari.

Francheville paraissait s'amuser de ma colère. Sa gaieté était-elle vraie? Peut-être ne cherchait-il qu'à dissiper les idées fâcheuses qui me tourmentaient : l'homme le plus maître de lui, se tait et ne souffre pas moins.

Je m'attache à Francheville; je ne le quitte pas un instant. Il semble que cet événement me le rend plus cher, et je sens, comme lui, que l'amour et l'amitié suffisent au bonheur de la vie. Ce bonheur-là me suivra partout. N'est-il pas indépendant des orages? Peut-on m'ôter mon cœur?

Nous avons résolu de partir aussitôt que le successeur de mon mari

sera arrivé. Nous nous retirerons
dans la plus agréable de nos terres.
Francheville se propose d'y vivre
avec la simplicité d'un cultivateur,
et d'accueillir ceux de nos voisins
qui auront conservé quelque chose
des mœurs patriarchales. Nous ver-
rons celles de leurs femmes qui auront reçu quelqu'éducation, le curé,
s'il est bonhomme, et le travail, la
pêche, la chasse, l'éducation d'Honorine, l'entretien de madame Ducayla rempliront la plus grande partie de notre temps.

Enfin, nous quittons une ville
que sans doute nous n'oublierons
jamais : nous en emportons des souvenirs de tous les genres. Nous en
sortons la nuit, pour nous soustraire
aux regards, aux traits malins de
nos ennemis. Nous voilà sur la route
de la capitale.

Nous marchâmes quelque temps,

en gardant un triste silence : nous
avions tous à penser ! mais nous
n'étions pas à dix lieues de la ville,
que nous nous livrâmes aux douceurs d'une conversation affectueuse.
« Allons, allons, disait Franche-
» ville, lorsqu'un roi de Syracuse est
» devenu maître d'école à Corinthe,
» et ne s'est pas plaint de son sort,
» un préfet, qui se retire dans une
» jolie terre, avec deux femmes
» charmantes et la plus aimable des
» enfans, peut être satisfait du sien. »
Et après Denis de Syracuse, nous
citions tous les rois détrônés que nous
rappelait notre mémoire, et chaque
trait historique ramenait ce refrein :
lorsqu'un préfet se retire dans une
jolie terre, etc.

Madame Ducayla chante fort bien,
et nous applaudissions au malin vaudeville, toutes les fois que nous rou-
lions sur la terre. Moi, je faisais des

contes; Francheville me répondait par d'autres; Honorine écoutait et riait, et à chaque instant nous revenions au refrein philosophique : un préfet qui se retire, etc.

Nous nous arrêtâmes à la sixième poste pour déjeuner : la gaieté, l'insouciance de l'avenir donnent de l'appétit. La nouvelle de notre arrivée se répandit dans les sept ou huit rues de cette bourgade, et à peine dix minutes étaient-elles écoulées, que nous entendîmes battre la caisse. Bientôt le maire parut, suivi de son adjoint et de son greffier. A côté du maire, marchait monsieur le curé, et la garde nationale, composée de douze hommes, fermait le cortége. Le maire, chantre de la paroisse, nous débita un compliment latin, que le curé avait arrangé pour toutes les circonstances, et dans lequel il n'y avait que les qualifications à changer. Francheville y répondit, comme s'il eût compris l'orateur : il est des phrases banales qui répondent à tout, parce qu'elles ne signifient rien.

La garde nationale tira ses douze coups de fusil dans la cour, après quoi on commença à parler affaires. Le maire demanda l'érection d'un pont, et la restauration d'un chemin de troisième classe. Le curé demanda la réédification de l'église, et à chaque mot ils s'inclinaient respectueusement jusqu'à terre.

Le curé me comparait galamment à Esther, obtenant, en faveur d'Israël, la protection et les grâces de son auguste époux. Honorine, habillée en garçon, pour éviter quelques incommodités de la route, était le petit roi Joas, espoir du peuple de Dieu. Je riais; Francheville écoutait tout cela avec un sérieux imper-

turbable, et quand il fut las de cette
comédie, il la termina par la déclaration franche et positive de son impuissance actuelle.

Cette déclaration inattendue releva les têtes profondément inclinées.
Le maire et le curé se regardèrent,
se dirent quelques mots à l'oreille,
et se tournèrent vers la porte. « Les
» hommes sont les mêmes partout,
» dis-je à Francheville. Au village,
» comme à la ville, ils cherchent le
» soleil levant. — Ma bonne amie,
» les révérences et autres marques
» de respect appartenaient à celui
» qui peut édifier le pont, et réédi-
» fier l'église. Je ne suis plus cet
» homme-là ; ces bonnes gens se re-
» tirent, cela est très-naturel. Ce-
» pendant, avec quatre mots, je peux
» les ramener à mes pieds. — Com-
» ment cela ? — M. le curé, s'il n'est
» pas en mon pouvoir de faire re-

» bâtir votre église, je peux au moins
» y contribuer pour quelque chose :
» faites-moi le plaisir de recevoir
» cela. M. le maire, acceptez de
» quoi faire les réparations les plus
» urgentes à votre chemin de troi-
» sième classe.... Ah! ces braves ont
» brûlé leur poudre : je veux qu'ils
» boivent à ma santé. »

L'influence de l'or est incalculable.
Les épines dorsales se courbèrent de
nouveau ; les éloges nous furent pro-
digués, et M. le curé offrit de nous
chanter une messe pour le succès de
notre voyage. Nous le remerciâmes,
nous déjeunâmes, nous remontâmes
en voiture, et soit qu'il ait chanté sa
messe, soit qu'il l'ait gardée pour
une meilleure occasion, nous arrivâ-
mes à Paris en bonne santé.

———————

CHAPITRE V.

Rencontre à l'Opéra.

Je revis avec un plaisir inexprimable cet hôtel, où l'amour, continuellement surveillé, contrarié par
Soulanges, trompait sans cesse sa
vigilance et son zèle. Je me rappe-
lais ces statuts, contestés, acceptés,
violés au même instant. Mes principes étaient bien différens de ceux
que j'ai adoptés depuis. Je disais
alors : tout pour l'amour. Je ne con-
naissais que lui ; je n'existais que par
lui ; il était ma vertu, ma morale,
mon bien suprême, et jamais on ne
peut oublier qu'on a aimé ainsi ; jamais, je crois, on ne peut s'en repentir.

Etablis cependant, ma fille, une différence prodigieuse de ce que j'étais à ce que tu seras un jour. Je ne devais rien à la société, qui ne faisait rien pour moi. Née dans une classe distinguée, tu dois justifier par ta conduite l'estime qu'on te marquera, les hommages qui te suivront. Je m'appartenais; tu ne seras point à toi. Les mères te demanderont l'exemple de la modestie pour leurs filles; les époux, celui de la vertu pour leurs femmes. J'ai été faible; en m'imitant, tu serais coupable.

Francheville avait paru disposé à renoncer à ses projets de retraite, et à se fixer à Paris. Le mouvement de cette capitale, si différent de la vie uniforme qu'on mène en province, et qu'il avait presqu'oublié, se parait pour lui des charmes de la nouveauté. Je lui représentai qu'un des agrémens

5 *

les plus vifs qu'offre cette ville est dans la société, et qu'il n'aurait à lui présenter qu'un homme en disgrace. Il n'insista pas. Nous résolûmes de ne rester à Paris que le temps nécessaire pour mettre nos affaires en ordre, et de ne voir personne dehors, ni à l'hôtel.

Nos gens étaient occupés à disposer, à classer, à emballer nos effets. Pour accélérer leur travail, nous prenions chez le restaurateur voisin. Il nous envoyait le journal du jour avec le déjeûner. Je lisais les articles qui avaient rapport aux théâtres. J'aime le spectacle, surtout lorsqu'il est bon, et j'avais résisté au désir de revoir les Français, l'Opéra-Comique et l'aimable Vaudeville. Le journal m'annonça *OEdipe à Colonne* : l'Opéra est ordinairement le spectacle des yeux; *OEdipe* est la pièce du cœur. Une marche simple, pa-

triarchale, auguste et toujours intéressante distingue cet ouvrage, et le
met autant au-dessus des autres, que
le Tartuffe est supérieur à Pourceau-
gnac. Bon Guillard! et il n'est pas
de l'académie! Il y fut appelé en
remplacement de l'abbé de Lille,
persécuté, fugitif. Il eut la délicatesse
de refuser les dépouilles d'un homme
de génie. Par cela seul, les portes de
l'Institut devaient être toujours ou-
vertes pour lui. Elles lui sont peut-
être fermées pour jamais.

On donnait à la suite d'*OEdipe*
un des ballets si bien conçus, si gra-
cieux, si bien exécutés, qu'on a vus
dix fois et qu'on veut revoir encore.
Honorine n'a pas dépassé l'âge où on
s'étonne de tout; elle arrive à celui
où on commence à sentir quelque
chose. Cette *Antigone* présente un
exemple de piété filiale qui doit plaire
et entraîner à toutes les époques de

la vie. Je proposai à Francheville
d'aller à l'Opéra, en loge grillée. Il
devait terminer le soir même l'affaire
de la location de notre hôtel, et madame Ducayla avait des emplettes à
faire. J'envoyai louer une loge; je
me couvris d'un voile; je montai en
voilure avec Honorine.

Nous traversons rapidement les
corridors; je présente mon coupon;
on m'ouvre; nous nous plaçons.

Je jouissais de la surprise, du ra-
vissement de ma fille, qui n'avait
rien vu encore d'aussi spacieux,
d'aussi brillant que cette salle. Ses
yeux se portaient de tous les côtés.
Elle me faisait remarquer les femmes les plus jolies, les mieux mises;
les diamans surtout fixaient son attention. « Le voilà, maman! le voilà!
» s'écrie-t-elle tout à coup. — Qui?
» — Dans la loge en face de la
» nôtre... — Qui donc? — Mon petit

» Sainte-Luce... » Hélas! c'était lui.

La foudre tombant à mes pieds ne
m'eût pas autant terrifiée. Je tirai
mon voile; j'en doublais, j'en tri-
plais les plis. Il me semblait que
Sainte-Luce, qui ne me savait pas
à Paris, devait me deviner là, cachée derrière un grillage. L'enfant
y passait son bras, lui faisait signe
de la main, l'appelait. Comment
ne l'aurait-elle pas aimé? Il avait eu
pour elle les plus tendres soins; il
l'avait comblée des plus douces caresses. Je m'efforçais de retirer ce
petit bras; elle me résistait, mais
elle me souriait d'un air qui me faisait oublier la désobéissance. D'ailleurs que pouvais-je lui dire ? Aurait-
elle compris que les marques de
son affection, de sa reconnaissance
étaient déplacées en ce moment ?
L'enfance suit la première impulsion
du cœur : on apprend plus tard à

combattre, ou à dissimuler ses sensations. Bien vivre n'est guère que
savoir se conformer aux circonstances.

Je n'avais donc rien à dire, et je
ne disais rien. Je continuai de tirer
à moi cette main que je craignais
de froisser ; Honorine employait
toutes ses forces pour la porter en
avant. Cette espèce de lutte ébranla
la grille ; elle tomba soudainement.
La main de l'enfant était engagée.
Je lui crus le poignet brisé. Je jetai
un cri perçant, j'arrachai mon voile
pour m'assurer qu'il n'y avait pas de
fracture. Sainte - Luce se jeta en
avant de sa loge, les bras étendus
vers moi ; tous les yeux se portèrent
sur nous.

Quelqu'un le reconnut du parterre
et le nomma. Des applaudissemens
universels ajoutèrent à sa couronne
le fleuron le plus honorable. Il n'en-

tendait rien ; il ne voyait que moi.
La scène à chaque instant devenait
plus alarmante. Je pris Honorine ;
je l'enlevai par-dessus les banquettes ;
je l'entraînai le long des corridors.
A la porte qui ouvre sur l'escalier, je
rencontrai Sainte-Luce. Honorine se
jeta dans ses bras.

Aucune femme décente ne se trouva
peut-être dans une position plus
critique. Je pouvais être reconnue ;
on savait que je n'avais été chez personne , que Sainte-Luce avait vécu
long-temps chez moi. Cette rencontre,
très-fortuite, devait paraître arran-
gée ; madame de Soulanges pouvait
être là , et n'avoir point la générosité de m'épargner. J'étais sûr de la
confiance de Francheville ; mais tant
d'époux sont trompés et l'ignorent,
que leur opinion ne peut influer sur
celle du public, et j'éprouvai en ce

moment qu'une femme a surtout besoin de celle-là.

Je m'efforçai de rajuster mon voile ; il était en lambeaux. Je voulais reprendre ma fille ; Sainte-Luce me fit remarquer une contusion à la main. Il descendit l'escalier avec la rapidité de l'éclair ; il fallait bien que je le suivisse. Me voilà courant, dans un lieu public, sur les pas d'un homme que j'ai mille raisons d'estimer, mais dont la jeunesse, la figure, les grâces peuvent donner lieu aux plus fâcheuses interprétations.

Ma voiture était retournée à l'hôtel, et devait me venir prendre à la fin du spectacle. Sainte-Luce fait avancer un carrosse de place ; il ne se dessaisit pas d'Honorine ; je suis forcée de monter avec lui. Où va-t-il me conduire ?

« Chez le premier chirurgien, cria-

» t-il au cocher. » Le cocher ne sait
où trouver un chirurgien. Un com-
missionnaire du coin est interrogé ;
il monte sur le siége , pour diriger
la voiture. Nous arrivons, je ne sais
où , nous montons trois étages à
l'aide d'une bougie que le commis-
sionnaire a prise chez l'épicier voisin.
Nous sonnons, nous entrons. Le
chirurgien est absent. Sa femme examine avec nous la main d'Honorine.
Cette main agissait librement et
caressait le menton de Sainte-Luce.
L'épiderme était enlevé ; mais rien
d'alarmant , rien qui pût avoir des
suites.

Mes yeux se portèrent alors sur
Sainte-Luce. Jamais je ne l'avais vu
si beau. Ses traits étaient plus formés, et n'avaient rien perdu de leur
délicatesse. Sa physionomie exprimait l'intérêt le plus touchant. L'u-
niforme lui allait à ravir , et certain

air d'audace, qui sied à un militaire,
était tempéré par la crainte de m'a-
voir déplu.... Me déplaire en cherchant à être utile à mon enfant !

Il attendait que je parlasse.
Je balbutiai quelques remercîmens.
Balbutier en pareille circonstance,
c'est annoncer un trouble qu'on ne
peut surmonter. Je le sentais ; je
voulais paraître maîtresse de moi, et
je ne pouvais trouver deux phrases
de suite.

Je remarquai une croix et une
épaulette, que je ne lui avais pas
vues encore. « On vous a donc avan-
» cé? lui dis-je enfin, uniquement
» pour dire quelque chose. — Oui,
» madame, je suis enseigne de vais-
» seau, et officier de la légion d'hon-
» neur. Je retourne chercher la mort,
» puisque je ne peux vivre pour vous :
» je la trouverai enfin. » Ces premiers mots m'imposaient la néces-

sité de fuir ; je le voulais ; je ne le
pus. La conversation s'engagea. Elle
devint tendre, animée, délirante de
son côté. J'écoutais, je m'exprimais
avec une extrême réserve. Mais en
pareille circonstance, écouter n'est-
ce pas répondre ? Je fis cette réflexion trop tard : la femme du chirurgien venait de sortir, croyant
sans doute m'obliger ; Sainte-Luce
m'avait nommée plusieurs fois en sa
présence ; je me sentais déshonorée
dans l'esprit de cette femme. Les
larmes me vinrent aux yeux. Sainte-
Luce me demanda ce qui m'agitait
à ce point. Je ne lui cachai rien. Il
invoqua son pardon ; il l'attendait à
genoux.... Je trouvai la force d'élever entre lui et moi une barrière insurmontable : je pris Honorine dans
mes bras.

« Pardonne donc à Sainte-Luce,
» me disait-elle ; il ne t'a pas fait de

» mal. » Cher enfant ! puisses-tu toujours ignorer le mal que nous fait un
homme qui est à nos genoux, que
nous y voyons avec le plus tendre
intérêt, et que nous ne pouvons pos-
séder !

« Levez-vous, lui dis-je, et par-
» lons raisonnablement. » Je raison-
nais en effet, il ne parlait qu'amour.
Il m'interrompait à chaque mot, et
insensiblement je ne pensai plus à
reprendre la parole. J'écoutai........
Oh ! avec un plaisir extrême, je
l'avoue. Le temps s'écoulait ; la femme du chirurgien ne rentrait pas ; je
m'aperçus que les yeux d'Honorine
s'animaient, que ses joues se colo-
raient... Cette observation me fit un
mal... Je me levai précipitamment ;
je m'avançai vers la porte ; Sainte-
Luce, suppliant, me suivait ; il me
conjurait de le recevoir chez moi ;
je lui défendis d'y paraître ; je le lui

défendis avec le ton de la fermeté :
mon cœur et mon ton n'étaient pas
d'accord. Je sentis une larme s'é-
chapper ; j'en vis rouler dans les
yeux de Sainte-Luce. Il tira de son
sein cette boucle de cheveux : « Voilà
» donc tout ce que j'ai d'elle, tout
» ce que j'en aurai jamais. » Il la
portait à sa bouche, il la mouillait
de ses larmes ; je sentais mes genoux
fléchir sous moi, et cependant mon
cœur brûlait..... Je rentrai ; il prit
ma main ; je n'avais pas la force de
la retirer. Il la couvrit de baisers
brûlans.... Je jetai Honorine entre
lui et moi.... « Sainte - Luce, m'é-
» criai-je, respectez ma fille ! »

Respectez ma fille ! Que lui eussé-
je dit, si j'eusse été seule avec lui ?...
Hélas !

Ces mots le frappèrent de terreur.
Il se retira à l'extrémité de la chambre ; il tira avec force le cordon de

la sonnette ; la femme du chirurgien
rentra. Oh ! combien je le remerciai
de sa modération, de son honnêteté !
Le remercier !... n'était-ce pas lui
dire qu'il avait été un moment l'arbitre de mon sort ?

Nous descendîmes. Il s'éloigna à
l'instant. Je remontai dans mon carrosse de place, et je fis toucher à
l'hôtel.

Je fus assaillie sur la route d'une
foule de réflexions, plus affligeantes
les unes que les autres. La plaie était
fermée ; elle vient de se rouvrir,
m'avait dit Francheville, quelques
jours auparavant. Lui avouer sincèrement tout ce qui s'est passé, c'est
appuyer cette opinion, au lieu d'empêcher le soupçon de naître. Il peut
croire que je n'aurai déclaré qu'une
partie de la vérité.

Lui cacher cette scène est une
chose impossible. Honorine parlera

de Sainte-Luce ; et me laisser prévenir par elle , c'est m'avouer coupable.

Imposer silence à cette enfant, c'est
lui apprendre qu'une femme peut
cacher quelque chose à son mari. Ce
ne sont pas des exemples de dissimulation que je lui dois, que je me suis
proposé de lui donner. Quelle situation ! Quel parti prendre ?

Tout dire, tout, jusqu'à l'émotion
délirante que j'ai éprouvée. Dépen-
dait-il de moi de ne la pas sentir ?
Tout ce que j'ai dû, ce que j'ai pu,
c'est de n'y pas succomber, et j'ai
résisté.

Avouer à son mari qu'on n'a été
arrêtée que par son devoir ! Cet aveu
est cruel à faire, plus cruel à entendre. Non, je ne dirai pas cela. Je
dirai tout le reste ; et pourquoi irait-
il au delà de ce que je lui aurai déclaré ? Honorine m'a-t-elle quittée

un instant , et quelle mère est assez
abjecte pour oser... Oui , j'invoque-
rai le témoignage de ma fille : ne
doit-elle pas savoir un jour qu'une
épouse qui se justifie , remplit une
obligation sacrée ?

Nous arrivons. Je cherche Francheville , je le trouve , il m'ouvre ses
bras... Enfin , j'ai trouvé un asile
contre mon cœur.

Je commence d'une voix timide le
récit des faits que je crois ne pouvoir
taire, et à mesure que j'avance dans
ma narration , la figure de Francheville se voile , s'éteint , s'anime tour
à tour. Ces bras, qui me pressaient
sur son cœur, tombent d'abord , et
me repoussent ensuite. Je fonds en
larmes ; je m'excuse ; il ne m'écoute
pas. Je m'indigne de sa conduite ; je
m'arme de la noble fierté qui convient à l'innocence. Je prends ma
fille ; je la lui présente. « Répondez,
                              » mademoiselle ,

» mademoiselle, avec vérité, à tout
» ce que vous demandera votre père.»
Je sors.

« Interroger ma fille ! me criait-
» il; l'établir juge entre sa mère et
» moi ! » Je tire la porte, je m'é-
loigne.

Il l'interrogera. Il est trop fortement agité pour que la jalousie n'impose pas silence à la délicatesse......
Lui, jaloux ! et de qui ? d'une femme qu'il a sacrifiée à un objet indigne de lui, qu'alors il eût vue, sans
peine peut-être, livrée à des désordres
qui eussent justifié les siens.... Non,
il n'est pas jaloux ; son orgueil seul
est blessé ; ils sont tous faits ainsi.
C'est sur nous seules que doivent pe-
ser la constance, la fidélité, le fardeau du mariage. Ils se réservent
l'astuce, la perfidie, quand ils se
respectent ; ils bravent tout, quand
ils cessent de se respecter. Ils exigent

que nous nous interdisions le reproche, la plainte, que nous dévorions
nos larmes. Ils deviennent tyrans,
ils le veulent, ils s'en glorifient, et
sans pitié, ils écrasent leur victime.

Malheureuse, qu'as-tu dit, qu'oses-
tu penser? Ton cœur s'égare, et tu
lui cherches une excuse dans les torts
de ton mari. Hé! qu'as-tu à lui reprocher? Il t'a tirée de l'indigence et
de l'obscurité; il t'a élevée jusqu'à
lui; il a appelé sur toi le calme, l'a-
bondance, la considération, le bonheur. Long-temps il a fait le charme
de ta vie, et s'il a été faible un moment, par quels touchans regrets,
par quels égards, par quelle affection n'a-t-il pas effacé sa faute? Et
tu l'accuses, femme cruelle et injuste! Oh! ce n'est pas lui qu'il faut
accuser: c'est toi, toi qui n'as pu te
défendre contre les qualités, les agrémens de ce jeune homme, qui l'as

rendu maître de ton cœur, qui n'as
pas eu la force de le lui cacher, qui
n'as pas voulu sentir que te laisser
pénétrer, c'est donner des droits à
l'amour, qui n'as pas réfléchi, qu'il
suffit d'une occasion pour te rendre
coupable, c'est toi qui dédaignes,
qui méconnais tout, et qui oses te
plaindre! Reviens à toi, à ton devoir; cours chercher ton époux,
implore son indulgence, oublie auprès de lui un amour criminel et
malheureux.

Hélas! c'est lui qui revient, qui
revient le premier. Il ne dissimule
rien; il avoue qu'il a interrogé Honorine, il me demande pardon!....
Je tombe à ses pieds, je les embrasse; il me relève, il m'entraîne.... la
bougie s'éteint.... Puisse mon cœur
se calmer avec mes sens !

CHAPITRE VI.

Catastrophe.

« MA chère amie , veux-tu partir
» aujourd'hui ? — Oh ! oui , mon
» ami , partons. — George et mon
» homme d'affaires termineront nos
» arrangemens. — Qu'importent les
» affaires ? — Ton âme est pure :
» l'absence , le temps , la raison te
» rendront à moi. — Oh ! je suis
» toute à toi ; je n'ai pas cessé de
» t'appartenir. — Ah ! Fanchette ,
» ton cœur est tout. — Ménage-moi
» mon ami ; ne me parle plus de ce
» que je dois oublier. — Fanchette ,
» qui t'aimera plus que moi ? — Per-
» sonne , mon ami. — Qui mieux
» que moi te prouvera son amour ?
» — Personne , mon ami. — J'ai

» commis de grandes fautes de con-
» duite ; ne me les fais pas expier.
» — Mon ami, ta bonté m'accable.
» — Hé! ne la mérites-tu pas !—Par
» grâce, mon ami, laissons les dé-
» tails.—Ma chère enfant, les époux
» les plus sages ont bien des choses
» à se pardonner. Il est bon de se
» rappeler ses faiblesses, de se con-
» fier ses plus secrètes pensées. Se
» dire tout ce qu'on pense, c'est
» s'imposer la loi de ne rien penser
» que d'honnête. Veux-tu, Fanchet-
» te, que nous nous disions tout ? —
» Volontiers, mon ami. — Tu seras
» vraie? — Et toi? — Oh! moi, je
» n'ai rien à cacher. — Aujourd'hui.
» — Méchante ! » La conversation
prit insensiblement une tournure assez gaie : nous nous étions habillés
sans nous en apercevoir.

Il avait donné ses ordres ; madame Ducayla faisait ses petites dispo-

sitions; j'avais demandé le déjeuner...
On annonça M. de Sainte-Luce.

Je fus d'abord très-choquée qu'il
osât aller contre mes ordres. Je réfléchis ensuite que si j'avais pu lui
défendre l'entrée de mon appartement, je n'avais pas le droit de lui
interdire, à l'égard de Francheville,
une démarche que commandaient les
circonstances. Je me levai, et je
passai chez moi. Je me rends cette
justice : je ne voulais ni voir ni
entendre. Je m'étais retirée dans le
cabinet le plus reculé ; je causais
avec Honorine, et si quelque dis-
traction m'éloignait d'elle, il lui suffisait d'un mot pour me ramener à
l'instant.

Tout à coup plusieurs voix s'éle-
vèrent. Je distinguai celle de Francheville et de Sainte-Luce. Je cher-
chai à reconnaître la troisième. A chaque seconde, le ton s'élevait davan-

tage, et je saisis quelques mots, qui ne
pouvaient venir que de Soulanges.

Soulanges! Comment sait-il que
nous sommes à Paris? Était-il hier
à l'Opéra? sa femme y était-elle?
Veut-elle me nuire et se venger de
Francheville..... Il sait tout, il pardonne tout : qu'ai-je à redouter?

Cependant la conversation s'anime à un point qui m'alarme..... Je
crois entendre des menaces... Ciel!
juste ciel !.... Sainte-Luce, Francheville ! J'oublie que je m'expose en
revoyant ce jeune homme ; je cours,
je vole, j'entre.... Quelle exaspéra-
tion sur toutes les figures! quel emportement dans le geste et le ton !
quel orage va fondre sur moi?

« Je vous répète, s'écrie Franche-
» ville, que la première imputation
» est une absurde calomnie. Ma-
» dame nous a proposé, à madame
» Ducayla et à moi, de l'accompagner

» au spectacle , et une femme qui a
» besoin d'une loge grillée, n'y con-
» duit pas son mari. La seconde im-
» putation est infâme, s'écrie Sainte-
» Luce, transporté de colère. Elle
» m'outrage autant que madame.
» Moi, je serais capable de conduire
» dans un lieu suspect celles de
» toutes les femmes que j'estime,
» que je considère, que j'honore le
» plus ! voilà de ces choses qu'une
» femme honnête ne pense pas, ne
» croit pas. — Vous me manquez,
» monsieur. — Je suis prêt à vous
» en faire raison.

» — Vous oubliez, monsieur de
» Sainte-Luce, qu'une femme n'a de
» vengeur, qu'elle n'en peut recon-
» naître et avouer d'autre que son
» mari. — C'est vous, monsieur de
» Francheville, qui ne vous rap-
» pelez plus ce que dit cette infer-
» nale lettre. Écoutez, écoutez.

« Je vous félicite, mon cher Francheville, de votre attachement ex-
clusif pour une femme qui le re-
connaît d'une si étrange manière.
Donner un rendez-vous à l'Opéra ;
en sortir avec son amant, avant le
lever du rideau ; le suivre dans un
endroit suspect ; y passer deux heures
avec lui ; se retirer en désordre,
voilà ce qu'a fait hier votre Fanchette, ce que je suis certaine qu'elle
a fait, parce qu'un homme à moi est
monté derrière sa voiture. Aimez-la
bien, débonnaire mari, et conservez
votre foi robuste. »

« Malheur à elle, malheur à vous,
» monsieur de Soulanges, si un mot
» de ceci transpire dans le public.
» Je laisse à monsieur le soin de
» venger son épouse ; je me réserve
» le droit de venger mon honneur
» cruellement outragé. »

Je ne savais plus ce que je faisais,

6*

ce que je pensais, où j'étais. Trou-
blée, égarée, suppliante, j'allais de
l'un à l'autre. Je les conjurais de se
calmer, de m'entendre. Ils écou-
taient; je ne trouvais rien à dire.
Aussi exaspérée qu'eux, par des
motifs différens, je tremblais pour
Sainte - Luce, pour Francheville,
pour Soulanges lui-même, étranger
à cette trame odieuse. Le sentiment
de la crainte se dissipait-il un moment, il était remplacé par celui de
la plus vive, de la plus juste indignation. « Ma fille était avec moi,
» m'écriai je, elle ne m'a pas quittée,
» et elle n'a reçu, elle ne recevra
» de moi que des exemples de pu-
» deur. Cruelle femme, que t'ai-je
» fait ? J'ai cessé de t'aimer, mais je
» t'ai ménagée..... » Francheville me
serra la main avec force. Il me ren-
dit à moi même; il était temps : j'allais tout dévoiler....

Oh ! non, non, je n'ajoûterai pas un mot. Détruire la sécurité de son mari serait être aussi lâche qu'elle, et une indiscrétion porterait Soulanges et Francheville à s'entr'égorger.

Je me tus. Je me laissai tomber dans un fauteuil ; deux ruisseaux de larmes s'ouvrirent. « C'est ainsi, dis-» je avec amertume, que madame de » Murville a été calomniée ; le sang » a coulé pour elle. Epargnez-moi, » mon Dieu, dans ce que j'ai de » plus cher.... »

Et j'étais à genoux, les yeux et les mains élevés vers le ciel. « C'est là » que mon innocence est connue, » qu'elle est dégagée des nuages qui » l'enveloppent ici. Manifestez-la, » mon Dieu, manifestez-la à ceux » qui ont besoin d'y croire. »

Madame Ducayla, attirée par le bruit des fauteuils et des chaises,

des vociférations toujours croissan-
tes, madame Ducayla se précipite
dans l'appartement, me prend dans
ses bras, me relève, me remet dans
mon fauteuil. Elle prend la lettre,
elle lit. Seule, elle avait conservé
sa tête et du sang-froid. Elle résume
les faits, les circonstances; elle
rappelle des détails. Chaque idée,
chaque mot établissait mon innocence. Elle représente à Francheville qu'il est absurde de rendre un
mari garant de la conduite de sa
femme, et que son ancienne amitié
pour Soulanges devait imposer silence au ressentiment; à Sainte-Luce
qu'une affaire donnerait de l'éclat à
un crime d'imagination d'autant plus
inexplicable, que madame de Soulanges n'avait reçu de mon mari et
de moi que des marques d'affection.
La raison se fait toujours entendre,
surtout lorsque les premiers mou-

vemens sont calmés, par l'excès même de leur violence.

Julie avait rapproché les esprits ; elle avait tout concilié. Il ne restait à pénétrer pour Soulanges et Sainte-Luce que le motif qui avait pu porter cette femme à vouloir détruire l'harmonie qui régnait dans ma maison. Francheville le connaissait ; il était rêveur et pensif. Peut-être était-il frappé des suites funestes que peut avoir une intrigue liée sans réflexion, suivie avec légèreté, une intrigue telle que le monde en offre mille qui naissent et finissent dans un jour, et qu'on oublie pour courir à des distractions nouvelles.

Je crois qu'il n'est pas d'homme aimable qui n'ait été l'objet de ces fantaisies-là. Mais si cet homme, au lieu d'un goût léger, inspire un sentiment profond, insurmontable, il ne dépend plus de lui de se retirer.

S'il en manifeste le désir, il voit aussitôt se former un orage; il éclate sur lui s'il a le courage de rompre. L'exaltation du cœur et de la tête donne à certaines femmes l'audace de tout tenter, de tout braver. Le public les signale, les avilit. Elles se perdent; mais elles entraînent tout avec elles.

Ainsi une belle soirée, un air frais et pur, une élégante nacelle invitent à se hasarder sur l'onde claire et tranquille. Un point noir se forme à l'extrémité de l'horizon. Il échappe d'abord au nautonnier qui se repose sur un calme apparent. Bientôt ce point grossit, s'étend. La bourasque s'annonce. Le frêle esquif ne peut lui résister. Les guirlandes dont il est paré deviennent la proie des flots, et la mort se présente où on ne croyait trouver que le plaisir.

Lorsqu'on eut épuisé toutes les

conjectures et les raisonnemens, on revint aux particularités. Soulanges n'avait aucune connaissance de cette lettre; mais il avait su de sa femme que nous étions à Paris, et il était accouru avec l'empressement de l'amitié. Il fut convenu qu'il retournerait chez lui, qu'il ferait sentir à sa femme ce que sa conduite avait d'odieux et de répréhensible, et qu'il lui défendrait, à peine d'encourir son indignation, de parler, à qui que ce fût au monde, de Francheville et de moi. Sainte-Luce exigea que mon mari l'accompagnât chez le chirurgien où il m'avait conduit la veille. Il voulait dissiper jusqu'à l'ombre du soupçon; mettre en évidence, la droiture, la pureté de sa conduite; ne laisser aucune trace de cette scène dans le cœur de mon mari. Francheville était convaincu; mais il ne put résister à la force, à la continuité des instances de Sainte-Luce : ils sortirent tous trois.

Madame Ducayla n'avait pas d'expérience. Elle remarqua cependant que c'était particulièrement à Francheville que madame de Soulanges avait voulu faire du mal. Il lui semblait que si j'étais l'objet de sa haine, elle m'eût attaquée sourdement dans ma réputation, elle eût cherché à m'ôter insensiblement l'estime publique, et elle eût ménagé le cœur et le repos de son mari. Je suis étonnée que Soulanges n'ait pas été frappé d'une idée si simple. Je tremblai qu'elle se présentât à son esprit ; je sentais qu'un mot inconsidéré de sa femme pouvait la faire naître ; je prévoyais à quel point un homme, ainsi traité par le meilleur de ses amis, porterait le ressentiment......
hélas, je n'avais pas tout prévu.

Soulanges rentre le premier. Toute

sa personne exprimait une fureur
concentrée, qu'il s'efforçait de maîtriser devant moi. « Qu'avez-vous,
» M. de Soulanges, qu'avez-vous ?
» —Vous avez trop de pénétration,
» madame, pour ne pas le savoir.
» Abusé par la confiance de l'amitié,
» je n'ai rien vu, je n'ai rien voulu
» voir... Ce n'est pas vous, madame,
» que poursuit une femme coupable;
» c'est celui qui a trahi son amour
» et moi. C'est de lui qu'elle a voulu
» se venger...... Cet aveu ne lui est
» pas échappé; mais pendant une
» explication orageuse, on ne calcule
» ni le sens, ni la force des mots....
» Et c'est moi qui suis outragé par
» Francheville, moi, qui aurais
» donné pour lui ma fortune et mon
» sang !.... Le barbare!....» Il marchait à grands pas, ses deux mains
enfoncées sous sa chemise. Il levait
les yeux au plafond; il s'arrêtait; il

marchait de nouveau; il se jettait sur
un siége; il se relevait pour marcher
encore; il roulait dans sa tête quelque sinistre projet.... J'étais à demi-
morte, et l'excès de la crainte soutenait mes esprits, leur fournissait de
l'aliment.

Madame Ducayla écoutait, obser-
vait dans un morne silence. L'étonnement, la stupéfaction se peignaient
dans tous ses traits. Jusqu'alors elle
avait cru à la délicatesse, à l'honneur,
à la vertu. Elle paraissait affligée
de renoncer à l'opinion qu'elle avait
conçue de l'humanité, et de trouver
le vice sous le vernis imposteur de
l'éducation. Elle se levait; elle allait
se retirer : « Julie, lui criai-je, je ne
» suis capable de rien; ne m'aban-
» donnez pas, j'invoque le secours
» de votre raison. Elle a tant fait, il
» y a deux heures! que ne fera t-elle
» pas encore! Quand l'honneur com-

» mande, madame, la raison est
» sans pouvoir, me dit Soulanges
» d'un ton de voix qui me fit tres-
» saillir. »

Je pensai à Honorine. Je m'arrê-
tai au projet de la mettre entre son
père et son ennemi........ Je rejetai
cette pensée. Je redoutai l'effet que
produirait sur cette âme neuve et
pure les reproches de Soulanges, la
confusion, les réponses évasives de
son père. Je veux qu'elle l'estime,
qu'elle le respecte toujours ; que toujours elle voie en lui le premier des
hommes. Que ferai-je, mon Dieu?...
je les suivrai ; je me jetterai au-devant
des coups ; les armes tomberont de
leurs mains.

Les voilà... je les entends... « Ju-
» lie, ne m'abandonnez pas ; ayez
» pitié de moi, secourez-moi. »

« La calomnie, s'écrie Sainte-Luce,
» a les apparences de la vérité. Nous

» avons été hier chez un chirurgien ;
» M. de Francheville l'a vu, il a vu
» sa femme, il leur a parlé. Mais il
» y a dans la maison quelqu'un qui
» reçoit celles que la cupidité, ou
» le goût des plaisirs y conduisent.
» — Et si madame de Soulanges ré-
» pond, affirme que c'est de ce der-
» nier lieu que sortait ma femme,
» comment désabuser le public? —
» Madame de Soulanges ne dira rien,
» monsieur. Elle n'a pas de raison
» de haïr votre épouse. C'est vous
» seul qu'elle a voulu frapper, tor-
» turer, désespérer, vous, qui, sans
» affection, comme sans égards pour
» moi, l'avez séduite à Brécour, et
» l'avez quittée avec cette légèreté,
» ce dédain qu'on se permet à peine
» avec une femme perdue. Il est inu-
» tile que j'ajoute rien. Vous devez
» m'entendre, M. de Francheville. »
Francheville ne répondait pas. Il

rougissait, pâlissait, me regardait. Ses lèvres étaient agitées d'un mouvement convulsif. Sans doute, il frémissait de s'être mis dans la nécescessité de se mesurer avec un homme qui l'avait comblé des marques du plus sincère attachement. Hé ! eût-il été un étranger, n'est-il pas affreux pour un homme sensible d'égorger le mari, après lui avoir ravi le cœur de sa femme !

Je me mourais d'anxiété et de douleur. Madame Ducayla cherchait à se faire entendre ; on ne l'écoutait plus. Sainte-Luce prit la parole avec noblesse et fermeté. Il représenta à Soulanges qu'un combat ne remédierait à rien et mettrait en évidence la conduite de sa femme. « Je la connais à » présent, je la méprise, je l'aban- » donne. C'est l'amitié, c'est ma con- » fiance, bassement jouées et tra- » hies, que je veux venger, que je

» vengerai. Monsieur , répondit froi-
» dement Francheville , je suis à vos
» ordres.

   » Vous ne vous battrez pas , m'é-
» criai-je. Partout je serai entre vous
» deux. »

   Je me levai , je m'élançai, je cou-
rus à eux..... Mes genoux tremblans
ne purent me soutenir. Je tombai
dans les bras de Sainte-Luce..... de
Sainte-Luce ! « Je sauverai votre
» époux , madame. C'est le plus
» grand, c'est le dernier effort d'un
» amour malheureux. » Comment le
sauvera-t-il? que va-t-il faire ?

   Francheville m'arrache de ses
bras, et me place sur une otto-
mane.

   « Monsieur , dit Sainte - Luce à
» Soulanges, je n'entre pas dans les
» sujets de plainte qu'a pu vous don-
» ner monsieur. Ils sont étrangers à
» l'affaire que nous traitons. Il s'a-

» gissait d'abord de l'accusation in-
» fâme portée contre moi par ma-
» dame votre épouse, et c'est à quoi
» il faut, s'il vous plaît, revenir. —
» Vous êtes justifié, monsieur ;
» qu'avez-vous à me demander? —
» Une injure non méritée, n'en est
» que plus cruelle. Je vous en de-
» mande la réparation. — Et mon-
» sieur de Francheville se tait !
» Prompt à offenser, lent à satisfai-
» re, il souffre qu'un enfant s'expose
» aux coups que lui seul a mérités !
» — Un enfant, monsieur, un en-
» fant ! oubliez-vous que mon sang
» a coulé pour ma patrie et que j'ai
» vaincu ses ennemis ? Un enfant !
» joindre le mépris à l'injure ! c'est
» plus que je ne peux supporter. » Et
dans l'excès de son emportement,
ou aveuglé par le désir de me conserver Francheville, il s'oublie jusqu'à faire à Soulanges le plus vio-

lent des outrages, celui qui, d'après nos préjugés, ne peut se laver que dans le sang.

« Vous me perdez, Sainte-Luce; » s'écrie Francheville. Sans doute » vous l'aurez cette funeste primauté » que vous avez voulu obtenir; mais » je suis un homme déshonoré. »

Sainte-Luce et Soulanges n'écoutent, ne voient plus rien. Ils sortent, avec la rage dans les yeux et dans le cœur. Je me lève.... je veux les suivre, les arrêter, les désarmer par mes prières, par mes larmes... Une réflexion, vive et prompte comme la foudre, me frappe et me retient. Malheureuse! c'est ton amant que tu veux suivre; tu vas braver à la fois les convenances, l'opinion, ton devoir, ton époux. Souffre en silence et dévore tes larmes.

Sainte-Luce, généreux et infortuné jeune homme, as-tu l'expérience nécessaire.

nécessaire pour te défendre, pour vaincre... Pour vaincre! qui? l'homme à qui je dois mon état et mon mari! Sainte-Luce! Sainte-Luce! Je péris si tu succombes. Quels regrets si tu es vainqueur!

Francheville était tombé dans un accablement profond. Julie lui tenait la main, et me regardait d'un air pénétré. Je sanglottais, je suffoquais, je ne trouvai pas une larme.

Francheville se lève exaspéré. « Partons, dit-il, montons en voi-
» ture. Allons cacher ma honte, non
» dans ma terre de Champagne, mais
» au sein des Pyrénées. C'est là que
» je veux vivre inconnu, oublié du
» genre humain. —Partir, mon ami;
» partir sans connaître l'issue de
» cet affreux combat! —Vous par-
» tirez, madame. Vous reverrez ces
» lieux où vous m'avez donné votre
» foi. Vous retrouverez la cendre de

» ma première épouse, de celle dont
» j'ai exclusivement possédé le cœur,
» et dont le dernier soupir fut l'ac-
» cent de l'amour fidèle.... Je t'ou-
» trage, Fanchette! pardon, par-
» don. Sais-je ce que je dis, ce que
» je fais? C'est moi, c'est moi qui ai
» causé tout le mal, qui ai voulu
» que tu aimasses Sainte-Luce, et
» j'ose t'adresser des reproches! Pau-
» vre Soulanges! pauvre jeune hom-
» me! quel sera le malheureux? Ah!
» pourquoi tous les coups ne tom-
» bent-ils pas sur moi?... Libre alors
» d'écouter, de suivre ton cœur.....
» — N'achève pas, au nom de
» Dieu, n'achève pas. Ne suis-je
» pas assez malheureuse, assez souf-
» frante? Veux-tu que je meure mille
» fois? »

Un morne silence succède à tous
ces mouvemens. Chacun pense d'a-
près sa situation, ses espérances,

ses alarmes. Mon imagination, mon cœur, ma vie, tout mon être se portent vers Sainte-Luce. Je le vois, je vois le fer meurtrier tourné sur sa poitrine... Je vois percer le cœur le plus noble, le plus sensible... Je jette involontairement un cri affreux.

« Pars, ma bonne amie, pars à
» l'instant même. Tu ne peux rester
» près de moi, sans déceler tes sen-
» timens secrets. Je te les pardonne ;
» mais leur expression me pénètre,
» m'afflige. Pars, je t'en supplie, je
» t'en conjure. Dans deux heures je
» te suivrai. Madame Ducayla, em-
» menez ma femme ; consolez-la,
» fortifiez-la contre les événemens,
» contre elle-même. »

Julie me prend la main, et je me laisse conduire comme un enfant. Elle me fait monter dans la voiture ; elle met Honorine dans mes bras. Mon cœur, froissé, comprimé, se

dilate à l'aspect de cette enfant. Je retrouve des larmes ; j'en verse en
abondance. Honorine me presse de
questions, auxquelles il m'est impossible de répondre. Elle pleure amèrement et de mon silence et de ma
douleur. Son bras est passé autour
de mon cou ; sa joue est fixée sur la
mienne. Julie nous embrasse toutes
les deux, et mêle ses larmes aux nôtres. Nous voilà trois, affligées, dé-
sespérées d'une faute qui n'est pas la
nôtre, et dont il nous est impossible
d'arrêter les suites.

Nous arrivons ainsi à la seconde
poste. Tout à coup une idée sinistre
me frappe, et vient ajouter à mes
maux. Francheville m'a éloignée
pour chercher, trouver Soulanges,
se mesurer avec lui... Sainte-Luce,
Francheville ! Faut-il les perdre tous
les deux à la fois !..... J'ordonne à
Philippe de nous ramener à Paris,

et d'aller un train à crever tous les chevaux.

Nous rentrons à l'hôtel. Je demande, j'appelle Francheville. Je ne trouve que George, entre les mains des chirurgiens. Ils cherchent à rappeler un reste de vie, que le saisissement, la douleur ont presque épuisée. Encore une victime!

Francheville est sorti; sans doute il connaît le lieu du rendez-vous, et je n'ai rien entendu qui puisse diriger mes pas, mes démarches!..... Hé! pouvais-je tout entendre? Depuis ce matin, égarée, torturée, affaiblie, suis-je autre chose qu'une frêle machine, toujours prête à succomber?

On frappe à coups redoublés..... Je cours à la croisée..... C'est Francheville qui descend d'une voiture, qui appelle du secours... Ah! Dieu soit loué!

Il demande du secours, et pour

qui?... Ciel! juste ciel! Sainte-Luce, sanglant, décoloré! Son œil est éteint, ses lèvres sont livides !.... Sainte-Luce est mort !... Oh! je meurs par lui et pour lui. . . . . .

. . . .

Où suis-je ?..... Je ne connais pas cette chambre. Qui est auprès de moi ?..... C'est Francheville, à genoux devant mon lit, tenant ma main, la baisant avec transport, s'applaudissant de mon retour à la vie : c'est madame Delmont, qui me prodigue les soins d'une tendre mère ; c'est Julie, qui partage avec dévouement ses fatigues et ses soins.

Combien de temps s'est écoulé ? Que s'est il passé ?... Et Sainte-Luce! Sainte-Luce !

J'ai prononcé son nom d'une voix affaiblie ; Francheville m'a entendue. « Saint-Luce est hors de danger. — » Pour Dieu, ne me trompez pas. —

» Il est hors de danger, je t'en donne
» ma parole d'honneur. — Ah!....
» ah!.... »

On s'empresse, pour me rendre
un peu de calme, de me raconter ce
qui s'est passé. Soulanges est mort
sur la place. Tout l'univers ignore
qu'il avait défié mon mari : la réputation de Francheville est à couvert.
Sainte-Luce, très-dangereusement
blessé, est aujourd'hui convalescent.
Il est resté à l'hôtel, et mon mari,
redoutant l'effet que produiraient sur
moi son état, et l'idée de le savoir si
près, m'a fait transporter chez madame Delmont, où une fièvre ardente et un délire continuel m'ont
mise sur le bord de la tombe. La
misérable! elle a tué son époux! elle
a tué George! A quoi ont tenu la vie
de Sainte-Luce et la mienne!

Je veux voir Honorine. Elle seule
peut éloigner de moi l'image de l'in-

fortuné jeune homme, sacrifiant à
mon repos son amour, ses espérances et sa vie. On craint pour moi
toute espèce d'émotion; on me refuse ma fille. Quelle émotion est
plus forte, plus dangereuse que celle
qui se reproduit dans le silence,
avec une force toujours nouvelle?
Ils ne savent pas que je veux com--
battre un sentiment par un autre,
que je veux échapper à moi-même.
M'abandonner à mon cœur, c'est me
replonger au tombeau. Voilà ce que
je ne saurais dire, et ce qu'il leur est
si facile de prévoir.

« Oh! rendez-moi ma fille, par
» grâce, rendez-la moi. » Honorine
m'a entendue. Elle entre; elle regarde son père d'un air suppliant;
il lui a défendu de m'approcher, je
le vois. « Oh! mon ami, qu'elle
» reste, qu'elle ne me quitte plus!

» Si tu savais quel bien me fait sa
» présence ! »

Il résiste. Avec autant d'esprit,
avoir si peu de pénétration ! Comment, il n'a nulle idée de l'effet que
produit sur une femme, trop sensible, mais honnête, l'aspect de son
enfant ; avec quelle puissance l'a-
mour maternel éloigne, dissipe tout
sentiment coupable ; par quel attrait
irrésistible il nous rattache à celui
auquel nous devons le bonheur d'ê-
tre mère. Nous nous sommes promis, aujourd'hui même, de nous
dévoilér nos plus secrètes pensées.
Ah ! je le sens, la femme la plus
sage a bien des choses à taire. Francheville pleure sur la destinée de
Soulanges ; je ne l'affligerai pas davantage, par des aveux humilians
pour lui et pour moi. J'éviterai même
de prononcer le nom de Sainte-Luce
en sa présence. Mais je veux ma

7*

fille; il faut qu'elle soit là, toujours là. J'insiste avec toute l'énergie dont je suis capable. On se rend pour calmer une agitation au-dessus de mes forces. Honorine est établie chez moi.

CHAPITRE VII.

Le mouchoir.

Oui, je reviens avec elle aux sentimens calmes. Leur douceur, et la
paix qu'ils portent dans l'âme, sont
bien préférables à l'ivresse des passions orageuses. Les jouissances qu'on
doit à celles-ci sont plus vives, plus
entraînantes; mais quelles en sont
les suites? L'éloignement pour son
époux, la négligence pour ses enfans, le mépris même de son com-
plice, l'abandon et les regrets.

Mais ces passions orageuses sont-
elles soumises au raisonnement? Dé-
pend-il de notre volonté de les faire
naître, de les éteindre? Avec quelle
indulgence on doit juger une femme

faible ! Peut-on pénétrer dans les détails de sa chute ? Peut-elle instruire
le public des circonstances imprévues, inévitables, qui l'ont accélé-
rée ? Oh! je le crois, nulle ne peut
compter sur sa vertu; toutes sont
destinées à combattre, sans avoir la
certitude de vaincre. Heureuses celles qui ont fourni leur carrière, et
qui ne craignent pas de reporter les
yeux en arrière ! Celles-là sont in-
dulgentes : elles savent à quels efforts, à quels sacrifices elles doivent
la conservation de leur propre estime.

Celles-là ne pardonnent rien, qui
ont l'orgueil d'une bonne conduite,
et cette confiance en elles-mêmes qui
les rendent plus faciles à séduire, ou
qui croient couvrir, par de vaines
déclamations, des désordres qui écla-
tent tôt ou tard.

Mais pourquoi m'engager dans ces

distinctions subtiles? Est-ce une faiblesse que je prépare? Cherché-je d'avance à me la faire pardonner?... Honorine, viens auprès de moi; dis-moi quelque chose, parle-moi de ton père.

Mes forces renaissent d'une manière sensible. Je commence à faire quelque chose... Misérables femmes! À quel genre de travail nous a-t-on formées! Nos doigts seuls sont occupés. La tête, toujours libre, agit sans cesse sur elle-même. Je brode ma fleur; je vois Sainte-Luce sur le métier.

Je jette mon aiguille... je suis tentée de déchirer ma mousseline..... Quel déplorable enfantillage! Hé! que vois-je dans le livre que j'ouvre? Qu'entends-je, quand on me parle de ce qui n'est pas lui? Vers quel objet ma pensée se porte-t-elle constamment, le jour, la nuit?... Oh! mon Dieu! mon Dieu!

Cet état ne peut durer. Il n'est pas en ma puissance de le supporter plus long-temps. Il faut que je le revoie, que je... Qu'ai-je dit? que pensé-je? Honorine, Honorine, embrasse-moi; que tes caresses me rendent à moi-même et à ton père. Oh! embrasse-moi encore, toujours, toujours. . . . . , ...

L'appartement qu'occupe madame Delmont est resserré. Francheville sent que nous l'incommodons; il me propose de retourner à l'hôtel. A l'hôtel! Il sait qui j'y verrai, et c'est lui qui veut m'y reconduire! C'est lui, toujours lui, qui prépare.... Je n'ai pas la force de refuser : ne devait-il pas le prévoir?

Nous prenons congé de madame Delmont, nous sortons, nous rentrons chez nous. Mes yeux plongent

dans toutes les pièces qui sont ou-
vertes; ils voudraient pénétrer dans
celles qui sont fermées. Mon cœur
bat avec une violence, et j'éprouve
un plaisir! Est-ce la crainte, est-ce
le désir qui m'agite? Sont-ce ces deux
sentimens à la fois?

« Ma bonne amie, il n'est plus
» ici. » Mon cœur cesse de battre.
Il se serre... Ah! « Et où est-il donc?
» demandai-je d'une voix timide. —
» Il est parti ce matin... — Pour aller
» où? — A Brest. »

Mon premier mouvement fut de
me plaindre de la défiance que me
marquait Francheville ; le second
appartint tout entier à la reconnaissance : je ne pouvais me dissimuler
les dangers auxquels venait de me
soustraire l'indulgente prévoyance
de mon époux. Je l'embrassai ten-
drement, oui, avec une véritable
tendresse. Mais lorsque je fus aban-

donnée à mon cœur, que sa voix
impérieuse se fit entendre, je ne
pensai, je ne rêvai que Sainte-Luce.
Je l'appelais, je le pleurais, et rassurée par son absence, je me livrais
sans réserve à la violence de mon
amour.

Croira-t-on que ma situation n'était
pas sans quelque charme? Je souf-
frais; je sentais quelle eût pu être
l'étendue de ma félicité; je n'osais
ni l'espérer, ni la désirer; je me
voyais condamnée à d'éternelles et
douloureuses privations. Cependant
je pouvais aimer sans contrainte, sans
redouter Sainte-Luce, ni moi : et de
quoi ne console pas, ne dédommage
pas le bonheur d'aimer?

Je parcourais avec sécurité cet
hôtel, où j'étais entrée en tremblant.
Vingt fois le jour, j'ouvris cette
chambre qu'il a habitée, et j'y passais

des heures entières à rêver, à penser
à lui.

Aujourd'hui, je me suis assise devant ce lit où il a été mourant, et
mourant pour moi. J'y cherchais, j'y
marquais la place qu'il a occupée; je
voulais y retrouver ses formes; je ca-
chais mon visage dans mes mains, je
fermais les yeux, je me laissais aller
sur ce lit, je parvenais à une illusion
complète... Pauvres humains! tout
n'est-il pas illusion pour nous? Le
bonheur lui-même est-il autre chose?

Je me lève avec confusion. Je me
demande si j'oserai un jour avouer à
Honorine les puériles émotions auxquelles je m'abandonne en ce moment... Oui, elle saura jusqu'où peut
descendre ce sexe si fier de sa pré-
tendue supériorité. Elle apprendra
que cette fierté n'est dans une femme
que l'absence du sentiment. Elle sen-
tira la nécessité de conserver ce noble

orgueil dont nous dépouille une faiblesse. Elle saura que celle qui laisse surprendre son cœur, n'est plus que l'esclave de son amant, qu'un jouet que sa main brise à son gré, sans qu'elle ose se permettre la plainte, le plus léger murmure.

Où en serais-je, bon Dieu, si Sainte-Luce ressemblait à ces hommes qui, dans l'amour, ne cherchent que le plaisir, n'ambitionnent que lui, et lui sacrifient tout, jusqu'au repos, à la réputation de celles qu'ils disent aimer ? Ah ! Sainte-Luce, sans véritable amour, sans dévouement, sans délicatesse, n'eût pas été dangereux pour moi... Que de femmes ont pensé, ont dit la même chose de leur amant, et ont été cruellement détrompées !

En faisant ces réflexions, j'allais, je venais ; je m'asséyais dans ce grand fauteuil où il s'est sans doute assis ;

j'ouvrais une armoire, les tiroirs
d'une commode; partout je croyais
le voir; partout je trouvais une sen-
sation, une illusion nouvelle. J'ouvre
enfin une garde - robe.... dans un
coin, à terre.... Aurai-je enfin quelque chose de lui?... C'est un mouchoir. J'y remarque des taches de
sang et tous mes membres palpi-
tent... Je relève ce mouchoir; je
cherche la marque... c'est le sien;
c'est son sang, son sang versé pour
moi... Je le presse sur mon cœur;
ma tête se monte, s'exhalte; je vois
dans ce mouchoir un trésor inesti-
mable; je le cache dans mon sein;
je fuis, comme si je craignais qu'on
me ravît ce sang, ces souvenirs, ces
émotions si cruelles, et cependant
si chères. Je cours m'enfermer chez
moi; je reprends ce mouchoir; je le
considère avec attendrissement; je
compte les taches dont il est couvert;

je les couvre de baisers et de larmes.
Ce mouchoir, ce sang font maintenant partie de mon être; la mort
seule peut m'en séparer.

On entre!... Dieu! j'ai cru avoir
fermé ma porte. Ah! si Francheville me surprend adorant ces tristes
reliques... Non, non, c'est Honorine. Je n'ai pas encore à rougir devant elle. Son inexpérience est ma
sauvegarde et la sienne... Si Francheville me surprend, ai-je dit? Je
dois donc redouter sa présence, son
œil observateur; je suis donc coupable. Et puis-je l'être envers le père
seulement? N'ai-je pas aussi des devoirs à remplir à l'égard de l'enfant?
Mon choix, la nature ne m'ont-ils
pas liée irrévocablement à l'un et à
l'autre? Et rassurée par l'innocence
de ma fille, j'oserais me livrer en
sa présence à des transports qui
feraient mon désespoir, si elle s'y

abandonnait un jour; je renoncerais volontairement au droit honorable de la rappeler à ce qu'elle se devra à elle-même! Non, non, jamais.

Mon foyer est allumé. Je ne réfléchis pas; je ne balance pas. Hésiter, c'est me mettre dans l'impossibilité de consommer le sacrifice. Je prends ce mouchoir, je le lance; il est la proie des flammes. Ah! quelle douleur poignante j'éprouvai, quand il n'en resta que la cendre! Honorine me regardait avec attendrissement. Je lui ouvris mes bras; elle s'y précipita avec la candeur, la vivacité de son âge. Je l'emportai. Je sortis de cette chambre; je me promis de ne plus rentrer dans celle...

« Partons, dis-je à Francheville, » partons à l'instant même. L'air » que je respire ici est empoisonné. » Partons, si tu veux te conserver

» une épouse, et une mère à ton
» enfant. »

J'étais sortie de l'hôtel. Il me suivait, il me pressait de rentrer ; il ne
voulait que le temps nécessaire pour
faire ses dispositions. Je ne l'enten-
dais pas ; je ne l'écoutais pas ; je mar-
chais au hasard ; Honorine me con-
duisait, elle, qui a, qui aura si long-
temps encore besoin d'être guidée.
Chère enfant ! puisse le ciel te garantir des tourmens que j'endure ! Un
cœur passionné est un fléau, dont
il nous frappe dans sa colère, et il
nous impute les fautes qui sont son
ouvrage !

Nous arrivons chez madame Delmont ; mes yeux troublés se portent
partout sans rien voir... Ils retrou-
vent Honorine ; elle seule a le pouvoir de me calmer. Et cependant,
en la comblant de caresses, en re-
cevant les siennes, ce mouchoir, ce

fatal mouchoir était présent à ma
pensée; je voyais les flammes dévo-
rer ce que j'aurais racheté de mon
sang, de ma vie... Je mourrais, je
crois, si je n'avais Honorine. Je
veux vivre pour elle.

Francheville paraît. « La voiture
» est à la porte, me dit-il, d'un ton
» froid. » Pas un mot de consolation,
d'encouragement, de pitié, et c'est
lui qui m'a perdue! Ah! quand ils
nous trompent, nous délaissent, il
faut donc les aimer encore, et baiser
les fers dont ils nous chargent!

Nous partons. Le grand air ra-
fraîchit mon sang; des objets nouveaux attirent insensiblement mon
attention. Honorine a sa main dans
la mienne; une douce pression ré-
pand dans tout mon corps un baume
consolateur. Je souffre; mais mes
maux ne sont plus insupportables.
Je retrouve la force de réfléchir, de

me recueillir, de me tracer un plan de conduite, dont je me promets de ne point m'écarter.

Si les délices, si les tourmens de l'amour étaient durables, il n'est pas de force humaine qui pût les supporter. Je l'ai dit, je crois, nos sentimens s'affaiblissent dans la proportion de leur première violence ; on revient au repos par l'excès même de la fatigue.

Pourquoi Francheville ne me parle-t-il pas? J'ai besoin de l'entendre, de lui répondre. Croit-il manquer à la dignité de son sexe, à sa qualité d'époux, en venant au-devant d'une femme souffrante, infortunée, mais honnête? Je me répète, je le sens ; mais la continuité d'une même position ne ramène-t-elle pas les mêmes idées?

Et Julie! elle me regarde d'un air pénétré et ne m'adresse pas une parole.

role. Ah! quand elle a perdu son
époux, me suis-je bornée à la plaindre? Ma bourse, ma maison, mon
cœur, je lui ai tout ouvert. Un cœur
sensible est toujours bon à quelque
chose; la fermentation seule est à
redouter.

Demain nous arriverons à ce château. J'y vivrai entre une femme
froide, et un époux qui paraît s'offenser enfin et de mon indifférence
et de ma douleur. Je ne peux le blâ-
mer; mais que puis-je substituer à
un sentiment qui n'est plus? Qu'opposer à celui qui me subjugue, qui
m'entraîne? Satisferai-je Francheville avec des égards, des prévenances, des soins? Rien de tout cela ne
dédommage de l'amour, et l'orgueil
d'un homme n'est-il pas révolté de
la seule idée d'avoir cessé de plaire?

Qu'est-ce donc que le mariage, qui
se présente quelquefois d'une ma-

nière si séduisante, et dont les suites sont si amères ? De qui vient cette
institution bizarre, qui contrarie la
nature, s'oppose à ses vœux les plus
doux, et n'est plus qu'un insuppor-
table fardeau pour deux êtres qui
ont cessé de s'aimer et de se convé-
nir ? S'il n'est pas d'amour éternel,
pourquoi s'engager à une constance
illimitée ? Pourquoi surtout le mari
se prévaut-il de ce contrat, pour
exiger de sa femme l'observation
rigoureuse de conditions qu'il en-
freint, ou qu'il élude ? N'est-ce pas
cette inégalité de droit qui com-
mande de l'indulgence en faveur de
celles qu'un moment d'oubli rend
plus dignes de pitié que de blâme ?
N'est-ce pas... Non, non, ces raisonnemens sont la dernière ressource
d'un être coupable, qui voudrait s'é-
tourdir sur une première faute, s'appuyer de prétextes spécieux pour en

commettre de plus graves, et imposer silence à sa conscience alarmée.

Le mariage est le lien général, qui rapproche et unit les hommes vivans dans l'état de société. Il est la garantie des mœurs publiques, la sûreté des familles et des propriétés. C'est à lui que toute femme doit un nom, un rang, l'espoir de transmettre à ses enfans, les vertus de son père, avec son héritage, la considération dont il a joui, la propension au bien, dont il leur a donné l'exemple. Respectable sous tous les rapports, et par l'esprit même de son institution, le mariage offre des inconvéniens comme tout ce qui sort de la main des hommes; mais, s'il n'existait pas, que deviendrait l'ordre social? L'homme sans parens, sans alliés, privé des lumières et des conseils d'autrui, borné dans ses vues, dépourvu de la force et de

l'ensemble qui préparent l'exécution
et assurent les succès, étranger aux
émotions douces, à l'émulation, à
la gloire, à l'esprit public, qui naît
toujours de l'intérêt de sa famille,
subordonné au bien de tous ; isolé,
abandonné à ses seules ressources ;
misérable par son indépendance,
l'homme descendrait au rang des ani-
maux, et sa faiblesse le placerait au-
dessous de la plupart d'entre eux.
Que serait Honorine, si le mariage
n'avait consacré sa naissance ? Fille
obscure d'une mère ignorée, elle
traînerait sa triste existence, cachée
aux derniers rangs de la dernière des
classes. Honorine ! Honorine ! *respect
et reconnaissance* à l'instituteur du
mariage. Que ces mots se gravent
dans ta mémoire ; qu'ils te soient
toujours présens dans la saison des
orages.

Mais ces orages mêmes permettent

ls de raisonner, de discuter long-
temps? Jouets de notre imagination
et de notre cœur, nous approuvons,
nous blâmons, selon que l'un ou
l'autre nous persuade et nous entraîne. Oh! ce mouchoir !...... ce
mouchoir !

Il est parti sans me voir, sans m'é-
crire! ne devait-il rien à l'intérêt que
je lui ai marqué? A-t-il dû se soustraire à un devoir de pure bien-
séance? L'amour rend-il dur, ingrat?..... Oh! non, non. Il sait,
comme moi, les combats que me livrent sans cesse l'honneur et le devoir. Non, il n'est pas dur, il n'est
pas ingrat, il a pitié de moi; il m'a
ménagée ; je lui en rends grâces.

Oui, cette lettre eût ajouté à des
maux qui sont déjà au-dessus de
mes forces. Que me reste-t-il de ce
mouchoir? que me resterait-il de
cettre lettre? le souvenir d'un sacri-

fice aussi pénible que le premier.
Mon cœur, mon faible cœur, se fût
révolté en le faisant; mais enfin je
l'aurais consommé. Il m'a épargné
de nouvelles angoisses : je lui en rends
grâces encore.

Nous voilà arrivés à ce château,
qu'on disait si bien situé, si riant.
Je parcours les jardins, dont on m'a
tant vanté la distribution, la piquante variété. Tout cela me paraît
triste, désert.

Mais l'amour maternel ne peut-il
pas tout animer? ne peut-il pas suffire à mon bonheur? Un étranger
l'emportera-t-il sur ma fille?.... un
étranger!

Honorine, des livres, peut-être
quelque bien à faire, l'absence surtout... Ah! tâchons de redevenir moi.
Il est bien temps que je respire.

J'ai rencontré, dans ces jardins,
un site absolument semblable à celui

où, pour la première fois, il tomba à mes genoux. Ce site me rappelle Brécour, les commencemens, les progrès d'une passion funeste, et je ne peux m'en éloigner... Je triomphe encore de moi.

J'appelle le jardinier. Je fais bouleverser cette terre; je regarde avec une joie barbare les arbustes arrachés, le gazon renversé, la terre jetée çà et là. Quelle victoire je viens de remporter! rien de lui, plus rien de lui. *Respect et reconnaissance à l'instituteur du mariage.*

Ah! si M. de Francheville savait ce qui se passe dans mon cœur, par quels efforts soutenus je cherche à lui imposer silence, peut-être il oublierait des fautes, qui ne sont pas toutes de moi; peut-être il reprendrait ces sentimens qui ont assuré si long-temps sa félicité et la mienne.

Il louerait au moins mon courage ;
il applaudirait à l'empire que je reprends sur moi..... Oserais-je recevoir ses éloges? Est-ce pour lui, ou
pour mon repos, que j'ai si fortement
combattu? Ah! je n'ai rien à prétendre de lui, rien à lui demander :
l'amour ne rétrograde jamais.

CHAPITRE VIII.

Projet louable, sans effet.

———

Nos jours s'écoulent dans un calme apparent. Calme sombre et mélancolique, qui ressemble au silence des tombeaux. Francheville me néglige : dois-je m'en plaindre ou m'en féliciter ? Julie me laisse à Honorine et à nos études. Elle m'oblige sans le savoir. N'est-ce pas un bien d'être seul, quand on ne peut épancher son cœur dans celui de personne ?

Je suis assez tranquille. De fréquens souvenirs troublent mon repos ; l'océan et les combats effraient souvent mon imagination ; cependant mon existence est supportable. Je ne suis pas heureuse ; je ne le se-

8*

rai jamais; mais je pourrais être plus misérable, et je suis résignée à subir mon sort, comme un malheureux, condamné à perdre la vie, reçoit une commutation de peine.

Son image vient-elle porter dans mes sens ce trouble, qui n'est pas du plaisir, mais qui n'est pas de la douleur, réunion étrange d'espérance et de désespoir, sentiment mixte, qu'on ne peut définir, et que conçoivent seulement ceux qui l'ont éprouvé? Alors une réflexion désolante, mais fondée sur l'expérience que j'ai acquise, me ramène à combattre mon cœur.

Quel homme, me dis-je, a aimé plus que Francheville? Par qui a-t-il été aimé comme par moi? Des circonstances malheureuses ont altéré ce sentiment; d'autres circonstances imprévues, inévitables, ont concouru avec le temps à l'éteindre tout à fait. Les circonstances et le temps altèrent donc tout ! ils éteindront aussi cet amour violent, irrésistible, par qui seul Sainte-Luce semble exister. L'absence, la guerre, la gloire, l'ambition, hâteront peut-être cette époque. Jeune encore, mais plus âgée que lui, que serais-je, si j'avais comblé ses désirs ? la satiété, la soif du changement, des objets brillans de jeunesse, de fraîcheur, de grâce, attireraient ses regards, les fixeraient, et celui-là a cessé d'aimer, qui regarde avec plaisir une autre femme que sa maîtresse. Il est humiliant d'être délaissée de son mari ; il est humiliant et cruel de l'être de son amant. L'amant, habitué à lire dans les replis les plus cachés de notre cœur, sent ce que notre position a de pénible ; il ne se dissimule pas que lui seul fait couler nos larmes ; mais il redoute la

plainte, le reproche ; il veut s'y
soustraire ; il s'éloigne, il fuit, et de
toutes les illusions, dont il a em-
belli quelques jours de notre existence, il ne nous laisse pas même
celle qui console de la perte des autres, celle qui ne devrait rien coûter à un cœur reconnaissant, l'a-
mitié.

Quoi ! Sainte-Luce, un jour, ne
serait plus même mon ami ! je re-
nonce à l'amour, à l'amant. Mais
être oubliée de lui, voilà ce que je
ne supporterais point. Qu'il soit heureux par une autre, avec une autre,
j'en gémirai, j'en gémirai long-temps ;
mais qu'il reste mon ami.

Si l'indifférence de M. de Francheville convient assez à ma manière
actuelle d'être, elle ne m'en paraît
pas moins inconcevable. Dans quelque position que soit une femme,
elle tient à sa beauté. Ce genre de

vanité est né avec noùs ; il se développe avec nos charmes ; il leur sur-
vit très-souvent, parce qu'on vieillit
sans s'en apercevoir, et qu'il est un
âge où on cesse de se voir ce qu'on
est, mais ce qu'on voudrait être, ce
qu'on regrette de n'être plus. Si je ne
m'abuse pas, je n'ai rien perdu encore. Mes traits ont acquis de la dignité ; ils ont conservé leur finesse,
et ce qu'ils avaient de piquant, et
j'aurais pu paraître avec éclat dans
ces antiques jeux, où l'on dépouillait
la beauté du voile de la pudeur... Je
suis sa femme !

Je ne suis pas celle de Sainte-Luce,
et je crains de ne pouvoir le fixer...
Je ne le désire pas, vous le savez,
mon Dieu!

Mais le repos de M. de Francheville est-il apparent ou réel? Le besoin de l'amour physique s'est-il
éteint avec l'amour moral? Je ne

saurais le penser : il n'a pas quarante
ans. Quelle est donc celle près de
qui il retrouve son cœur? Seul ici,
avec l'insensible, la froide Julie,
chercherait - il à lui communiquer
une âme? l'a-t-il déjà animée de la
sienne, ou descend-il jusqu'à mes
femmes? Je le connais : l'idée de ce
dernier genre de faiblesse le révol-
terait.

Cependant qu'étais-je à Chantilly?..
Ah! la circonstance, une surprise de
l'amour ont tout fait. Mes femmes,
d'ailleurs, sont si peu intéressantes.

Mais Julie n'est pas belle; elle est
à peine jolie. Mais elle est si jeune;
elle a presque son innocence; son
cœur est neuf, et les hommes se
plaisent à réduire ces cœurs-là.

Elle connaît dans tous ses détails
l'aventure de madame de Soulanges,
et elle doit chercher à se garantir de
la séduction; elle sait qu'après elle

viennent l'inconstance, l'abandon, quelquefois le mépris. Hé! qui de nous ne se croit fort au-dessus de ses rivales? qui de nous ne se flatte d'être l'objet d'une heureuse exception?

Mais elle a si peu de sensibilité... Hé! quel cœur n'animerait-il pas, quand il veut déployer ses moyens de plaire? Jusqu'ici elle a été sage... est-ce une raison pour l'être toujours.

Se pourrait-il que Francheville oubliât sitôt les malheurs qui ont causé sa liaison avec madame de Soulanges! Julie est ici maîtresse absolue de ses actions, il est vrai. Mais elle tient à une famille qui ne nous pardonne pas d'avoir voulu la remplacer dans les soins, l'affection, l'appui qu'elle devait à cette jeune femme. La confiance trompée, les devoirs de l'hospitalité méconnus serviront de prétexte légitime à un éclat plus terrible, plus dangereux que celui qu'a fait Soulanges. M. de Francheville ne redoute-t-il pas des frères, des cousins conjurés contre lui?... Eh! que lui importe tout cela? la sagesse est, dit-on, le fruit de l'expérience : oui, pour les vieillards, qui n'en ont plus besoin.

Peut-être aucune de ces idées n'a-t-elle de fondement. Est-ce le dépit, la curiosité qui me les suggère? Je ne sais. Que gagnerais-je d'ailleurs à descendre dans mon cœur : ce n'est pas Francheville que j'y trouverais.

Ah! tout est ligué contre moi, tout, jusqu'à ce misérable journal. Il parle de Sainte-Luce; il en fait l'éloge le plus complet. Encore une victoire plus éclatante que la première. Des grâces nouvelles en sont la récompense. La générosité, la modestie du héros ajoutent à sa gloire...

C'en est trop, c'en est trop. Il faut que tout cela finisse. Il faut prendre des mesures promptes et irrévocables. Je veux m'ôter jusqu'à l'espoir de faillir. Je l'armerai contre moi de toute la rigueur du devoir que je vais lui imposer.

Mes démarches d'ailleurs éclairciront mes doutes sur la nature des relations qui existent entre Julie et monsieur de Francheville. Je vais le trouver. Je m'enferme avec lui dans son cabinet; je lui parle avec courage et franchise. Je me sens plus forte en raisonnemens, à mesure que je développe mes idées. Je lui représente que l'amitié exclusive que nous accorde madame Ducayla ne doit pas suffire à une femme de son âge; que nous ne devons pas consentir à ce qu'elle vive uniquement pour nous; que notre amitié même nous impose la loi de sacrifier

quelque chose à sa plus grande félicité ; que peut-être elle désire, elle
attend notre aveu pour disposer de
son cœur. « Sainte-Luce , ajoutai-je ,
» n'est pas chef d'escadre ; mais à
» vingt-un ans il est capitaine de
» vaisseau. La plus brillante carrière
» est ouverte devant lui , et quelle
» que soit la femme qui l'épousera ,
» elle ne peut déroger. Il n'a pas de
» bien ; mais la fortune suit toujours
» la gloire. Julie d'ailleurs est assez
» riche pour ne pas s'arrêter à cette
» dernière considération. Sainte -
» Luce a tout ce qu'il faut pour
» plaire, et ses qualités sont aussi
» remarquables que ses agrémens
» personnels. Il n'est pas possible
» que Julie refuse ce parti, si vous
» jugez convenable de lui en parler,
» ou si vous m'autorisez à lui en
» faire la proposition. Je me charge
» d'obtenir le consentement de Sainte-

» Luce. Il résistera ; mais je ferai de
» lui un excellent mari, comme j'en
» ai fait un héros : je lui dirai, *je*
» *le veux.*

» Il s'attachera facilement à une
» femme jeune et aimable ; il m'ou-
» bliera insensiblement. Je me péné-
» trerai du respect dû à des nœuds
» que j'aurai formés ; l'absence, le
» temps, la raison arracheront de
» mon cœur un sentiment qui me
» mine et me tue, que vous devez
» m'aider à combattre, à détruire, et
» auquel vous m'abandonnez cruel-
» lement. Faites pour l'amitié ce
» que vous refusez à l'amour. Je ne
» vous en inspire plus ; je le sais ;
» mais je suis convaincue que chaque
» jour ajoute à mes droits à votre es-
» time ; vous n'avez pas celui de me
» la refuser, et l'estime est un sen-
» timent honorable auquel il est
» possible de se borner. Ce senti-

» ment peut suffire à deux époux
» qui ont épuisé tous les autres. Sa
» continuité doit finir par ramener
» des affections, qui ne sont pas de
» l'amour, mais qui sont plus que de
» l'amitié. Rapprochons-nous, en-
» tendons-nous, aidons-nous. Re-
» noncez à cette réserve, à cette
» froideur que je n'ai pas méritée.
» Qu'une juste confiance leur suc-
» cède. Approuvez mon projet, con-
» tribuez à son exécution, et soyons
» aussi heureux que nous pouvons
» l'être. »

Monsieur de Francheville m'écoutait avec une tranquillité qui ne me
paraissait pas affectée. Calme et pé-
nétrante, je cherchais sur sa phisio-
nomie ce qui se passait dans son
cœur, et je n'y voyais rien qui pût
justifier mes soupçons. Il me regardait avec bienveillance ; il me
souriait quelquefois, et je retrouvais

cette figure enchanteresse qui a eu tant d'empire sur moi. Oui, je le crois, j'aime à m'en flatter, il me ramenerait à lui, s'il voulait en prendre la peine; et pourquoi ne la prendrait-il pas, si son cœur est tranquille? « Est-il nécessaire, lui dis-» je, de réfléchir long-temps sur une » proposition aussi simple et aussi » raisonnable? Répondez-moi, mon » ami. » Il se lève, il vient à moi d'un air libre et ouvert; il me parle avec une extrême douceur. Il trouve dans toute ma conduite une sagesse et une prudence dignes des plus grands éloges. Il approuve le projet de marier Sainte-Luce, et il regrette que je ne lui en aie pas parlé plutôt, parce qu'il s'en occupe depuis quelque temps, et que nous aurions agi de concert. « Je n'ai pas » pensé, dit-il, que Sainte-Luce, » quelqu'aimable qu'il soit, fût un

» parti sortable pour madame Du-
» cayla. La veuve d'un général, qui
» épouse un simple officier, prouve
» plus de goût pour le plaisir, que
» de respect pour les convenances.
» J'ai jugé que la famille Montbrun,
» opulente, estimable, mais sans
» aucune illustration, s'allierait vo-
» lontiers à un jeune homme qui a
» déjà fait beaucoup, et qui donne
» pour l'avenir les plus belles espé-
» rances. L'affaire est assez avancée,
» et je n'attendais qu'une réponse
» définitive pour vous engager à
» écrire à Sainte-Luce. — Avez-vous
» instruit Rose de votre dessein ?
» — Pas encore. — Il est cependant
» nécessaire de la pressentir. — Elle
» obéira à ses parens. — Il ne suffit
» pas qu'elle obéisse; il faut qu'elle
» soit heureuse.... quelques années
» au moins. — Peut-elle ne pas l'être
» avec Sainte-Luce ? Je vous le de-

» mande, madame, et je m'en rap-
» porte à votre jugement. »

Je n'avais rien à répliquer. Je trouvai seulement assez extraordinaire
que M. de Francheville, qui connaît
ma sincère affection pour Rose, ne
m'eût pas prévenue de son projet. Je
ne jugeai pas à propos de faire d'observations à cet égard. D'ailleurs,
d'un côté, ou de l'autre, mon but se
trouvait rempli. Sainte-Luce se ma-
riait, m'oubliait dans les bras d'une
femme intéressante, et j'ai toujours
cru qu'il n'est pas en nous d'aimer
long-temps seul. J'entrevoyais enfin
le repos après une longue suite d'o-
rages, et je ne prévoyais pas ce qu'il
devait me coûter.

Le projet de marier Sainte-Luce à
Rose était réellement plus convenable que le mien, et j'en convenais
volontiers depuis que j'avais cessé de
soupçonner madame Ducayla. Com-

ment aurais-je conservé quelques
idées à cet égard? Le ton aisé avec
lequel Francheville m'avait parlé des
deux jeunes femmes, de la différence
de leur position, de la probabilité du
succès de ses démarches, les avait
entièrement dissipées. Je le connais-
sais l'homme du monde le moins capable de dissimuler. Au premier mot
que je lui ai adressé sur sa liaison avec
madame de Soulanges, n'a-t-il pas
tout avoué, tout réparé? Ne se serait-
il pas trahi, quand je lui ai parlé de
marier Julie, s'il avait quelque chose
de particulier avec elle?...... Oui,
mais ses sens, si calmes aujourd'hui,
si effervescens il n'y a que quelques
mois... peut-être cette effervescence
était-elle l'effet de l'amour; peut-être
une forte exaltation produit-elle dans
les hommes l'abus de leurs forces et
la nécessité du repos réparateur. Et
moi, n'étais-je pas ardente, impé-
tueuse

tueuse comme lui? Que sont deve-
nus ces désirs, sans cesse renaissans,
cette soif brûlante de volupté ?......
je m'abuse. Si je ne les éprouve plus
auprès de M. de Francheville, n'ai-
je pas retrouvé l'amour et tous ses
feux dans cette chambre, à l'aspect
de ce mouchoir ensanglanté... Mon
mari est-il véritablement auprès
d'une femme qui l'intéresse, ce qu'il
est auprès de moi, et à quelle autre
que Julie se serait-il attaché? il ne sort
pas du château, et parmi les femmes
que nous y recevons, il n'en est aucune qui puisse lui plaire... Hé !
laissons tout cela. N'ai-je pas assez
de mon amour, de la douleur que
me cause l'éternelle séparation que
j'ai moi-même provoquée, sans chercher à me créer encore des peines
chimériques? Ici, mon amour-propre seul est affecté. Comment puis-
je entendre ses murmures, lorsque

mon courage, ma résignation suffisent à peine au coup terrible que je
viens de me porter?

C'en est fait, je ne le verrai plus.
Je ne fixerai plus ces yeux si doux et
si expressifs à la fois. Je n'admirerai
plus ce teint, dont la plus jolie femme
pourrait s'enorgueillir. Je ne recueil-
lerai plus ces mots sans suite, sans
liaison, ces soupirs brûlans, qui
peuvent seuls exprimer une passion
que rien ne peut décrire... Il se ma-
riera, et j'ai eu la force de le vouloir!

Ah, Rose, Rose! que ne donne-
rais-je point pour être toi! si du
moins j'étais libre!... Oh! mon Dieu!
mon dieu! éloignez de moi cette fa-
tale pensée. Ne permettez pas que
j'oublie à quel prix je peux recouvrer
ma liberté. Mon bienfaiteur, mon
époux, le père de mon enfant!.......
Ah! qu'il vive; qu'il me ferme les

yeux; que je sois, jusqu'au dernier moment, digne de ses regrets; qu'il accorde une larme à ma mémoire.

Honorine, Honorine, tu liras ceci; tu frémiras du vœu atroce qui m'est échappée... Oh ! ne hais pas ta mère. Vois avec quelle horreur elle repousse une pensée indigne d'elle et de toi. Profite surtout de son exemple. Préviens, je te le répète, je te le répéterai sans cesse, préviens les passions délirantes. Fuis, fuis devant l'homme que tu fixes avec intérêt, s'il n'est pas ton époux, ou s'il ne doit pas le devenir.

Je vais me mettre dans l'heureuse impuissance de rétrograder ; je vais écrire à Sainte-Luce, le supplier de se sacrifier à ma tranquillité. Je lui ferai l'éloge de Rose, de ses charmes, de sa candeur, de sa sagesse. Je lui recommanderai le bonheur de mon

amie, le sien surtout... le sien! ah!
puisse-t-il le trouver loin de moi!

Qu'ai-je écrit? quelles expressions
me sont échappées! ce n'est pas la
raison qui conseille; c'est l'amour
brûlant, impétueux, qui ordonne
l'indifférence. S'il reçoit cette lettre,
il part, il vole; il vient tomber à mes
pieds... peut-être dans mes bras.

Et mes larmes, qui inondent ce
papier, qui le rendent illisible... que
de garans de ma faiblesse!... Il n'en
connaîtra pas l'excès; il me mépri-
serait peut-être... Me mépriser! ce
mot me rend du courage; je mets
ma lettre en morceaux. Je n'écrirai
plus à cet homme-là; il est impossible que je lui écrive.

M. de Francheville, qui a conduit
cette affaire, le disposera à la terminer. Cette marche d'ailleurs est plus
régulière. Il sera moins facile à Sainte-
Luce de résister à mon mari qu'à

moi : il n'osera lui opposer l'amour
que lui inspire sa femme, et cet
amour seul peut lui faire refuser une
jeune personne intéressante, et une
dot considérable.

Une lettre... elle est de madame
Montbrun. Elle m'annonce sans
doute son entier acquiescement aux
propositions de M. de Francheville...
Je frissonne... ma main tremble...
lisons.

Ciel! ô ciel! elle me fait part du
mariage de sa fille avec un riche né-
gociant de Marseille. Pas un mot de
Sainte-Luce, ni des prétendues ou-
vertures de M. de Francheville. Je
suis jouée, trompée par lui et par
Julie.

Aurais-je pu le penser? Ah! si la
conscience d'un honnête homme
lui reproche une première faute,
elle s'apaise bientôt par l'habitude
des rechutes, et lorsqu'elle se tait,

l'astuce, la dissimulation, la perfidie, ne coûtent plus rien. M. de
Francheville ne peut consentir à ce
que madame Ducayla se marie, et
pour éloigner mes soupçons, il m'a
parlé de Rose, il me l'a proposée;
peut-être en ce moment il écrit à sa
famille.

Mais Julie! Julie! feindre avec
cette facilité, ce naturel! se possé-
der au point de paraître toujours
froide, insouciante! me parler amitié, reconnaissance! me donner,
sans rougir, sans se déceler, ces marques d'affection que je croyais si sin-
cères! Le masque qu'elle a pris ne
lui pèse point, et elle n'a pas vingt
ans? Que ferait de plus une femme
passant continuellement d'une intrigue à une autre, et parvenant enfin
à ce point de dégradation, qui ne
permet plus de la sentir?

Insensée que je suis! je gémis-

sais, il y a un instant, sur la barrière insurmontable, éternelle que
j'élevais entre Sainte-Luce et moi;
elle tombe et je me plains! je ne le
verrai plus, je l'espère, je le crois;
mais mon imagination ardente et
trop fidèle ne me le présentera plus
dans les bras d'une autre, lui prodi-
guant... Cette idée déchirante cesse
de me poursuivre. Sais-je, hélas,
combien de temps j'aurais pu la supporter?

Oh! non, non, ce sentiment affreux ne pouvait être durable. Il
m'eût emporté ou il se fût éteint avec
l'espoir. Le repos était là, entre la
tombe et mon cœur : j'étais sûre de
le trouver quelque part.

Hé! n'ai-je pas fait, pour me le
donner, tout ce qui était en mon
pouvoir? Par quelle fatalité mes efforts les plus louables, et les plus
pénibles, sont-ils toujours vains?

Quelle est la main qui s'oppose constamment à leur succès? Celle même
qui devait les provoquer, les diriger,
me soutenir, me protéger contre
Sainte-Luce est contre moi.

Et cette Julie qui s'est emparée
de mes droits, qui en jouit avec sécurité, qui à chaque instant insulte
à ma confiance, s'est-elle flattée que
le voile dont elle s'enveloppe serait
toujours impénétrable pour moi?
Ne sait-elle pas que le hasard sert
les hommes autant au moins que
leur prévoyance? N'a-t-elle pas
craint ces circonstances qui éclai-
rent d'autant plus qu'on ne cherchait
pas la lumière? Ne redoute-t-elle pas
un éclat, auquel mon cœur ne me
porte point, mais que je dois à ma
délicatesse? Puis-je souffrir, sous
mes yeux, dans ma propre maison,
un scandale qui peut durer des années encore, qui sans doute est

connu de mes gens, qui me rend l'objet de leur pitié, et la risée de ceux qui m'outragent et me bravent? Non, la modération, l'indulgence ne doivent pas être portées jusqu'à la faiblesse et la pusillanimité. Je vais passer chez Julie. Je lui adresserai de justes reproches. Je lui enjoindrai de porter ailleurs son ingratitude et son inconduite.

Mais quelles seront les suites de cette explication orageuse? Julie se rapprochera de M. de Francheville; ils s'uniront contre moi; ils cesseront de se contraindre; il ne me sera plus permis de rien ignorer; je me serai mise dans la nécessité de sortir de chez moi, ou de tout voir.

Je ne suis pas dans une position à juger de sang-froid, à raisonner mes démarches. Attendons. Je peux gagner beaucoup en différant; la précipitation ne remédie à rien. Je fais

9*

appeler Honorine. Je passerai avec
elle le reste de la journée ; je repo-
serai près d'elle... si je peux trouver
le sommeil. Les sensations les plus
douloureuses se dissipent à l'aspect
de cette aimable enfant. Oui, je re-
poserai. Demain, plus calme, je re-
trouverai mon jugement, et je le
prendrai pour guide.

CHAPITRE IX.

Elle part.

Je n'ai pas dormi. Sainte-Luce, monsieur de Francheville, Julie m'ont alternativement tourmentée. L'insomnie a du moins cet avantage, qu'en fatiguant la tête, elle la rend incapable de prendre un parti violent, et il est toujours temps d'en venir là.

Madame Ducayla se fait annoncer chez moi. Si matin! a-t-elle lu hier sur ma physionomie quelque chose de ce qui se passait dans mon âme? Prétend-elle se justifier, ou plutôt se flatte-t-elle de m'abuser encore? Quelle audace! possédons-nous et écoutons.

Elle est timide, embarrassée; elle n'ose lever les yeux sur moi. Oh! elle a raison. Elle se rend justice.

« Madame, j'ai des aveux pénibles » à vous faire. » Je le crois. « Vous » m'avez reçue chez vous comme » une fille chérie; vous m'avez pro-» digué votre amitié et vos soins. » Vous m'en jugez maintenant indi-» gne : je dois vous éclairer pour » votre repos et le mien.

» Le crime n'est point dans l'a-» mour, mais dans les pensées, dans » les désirs qu'il provoque, dans les » actions qui en sont la suite, et à cet » égard je n'ai rien à me reprocher. » — Quoi! madame... — Ecoutez-» moi, je vous en supplie. Ne m'in-» terrompez plus.

» Les attentions, les prévenances, » les égards de M. de Francheville, » pendant les premiers mois de mon » veuvage, m'ont inspiré pour lui

» une affection sincère. Son amabi-
» lité, les grâces de son extérieur,
» ont insensiblement changé la na-
» ture de ce sentiment ; il est devenu
» plus vif, plus tendre, plus pro-
» fond. Il ne ressemblait en rien à
» ce que j'avais senti pour M. Du-
» cayla, et cette différence seule eût
» fait naître des alarmes dans le cœur
» d'une femme qui aurait eu quel-
» qu'expérience. Mais je ne connais-
» sais pas l'amour. Je n'avais lu au-
» cuns de ces ouvrages qui en pei-
» gnent les délices et les dangers. Je
» me laissais aller à la douceur d'un
» penchant qui répandait sur ma vie
» un charme inexprimable. Je ne
» demandais rien ; je ne désirais rien.
» Ce que j'éprouvais suffisait à mon
» bonheur.

» La liaison de M. de Franche-
» ville avec madame de Soulanges
» m'a vivement affectée. Je me suis

» interrogée, je me suis examinée,
» et je suis restée convaincue que la
» jalousie n'existe pas sans amour.

» Alors je me suis reproché un
» sentiment attentatoire à vos droits ;
» je me suis accusée d'ingratitude, et
» j'ai pris la résolution de retourner
» au sein de ma famille, de ma
» famille qui ne m'aime pas, dont
» je n'avais pas même de bons pro-
» cédés à attendre. Je sentais que
» j'allais remplir un devoir, et cette
» idée seule a suffi pour me faire
» persévérer dans mon dessein.

» Je ne pouvais l'exécuter seule.
» C'est à vous que je devais me con-
» fier ; je le savais, je l'avoue ; mais
» je redoutais votre pénétration, et
» je voulais emporter votre amitié
» et votre estime. Je me suis adres-
» sée à M. de Francheville, dont la
» légèreté me rassurait ; j'ai ima-
» giné des motifs. Il les a combattus

» avec un flegme qui commandait la
» confiance, et une force de raison-
» nement qui m'a laissée sans dé-
» fense. Pas un mot de sa part qui
» annonçât la plus légère préférence
» en ma faveur. C'était l'amitié dé-
» sintéressée qui guidait l'inexpé-
» rience. Vous l'avouerai-je, ma-
» dame? je me suis intérieurement
» applaudie d'être vaincue ; j'ai cru
» avoir fait ce que la vertu la plus
» rigide exigeait de moi, et je me
» suis livrée au plaisir indicible de
» vivre encore auprès de M. de Fran-
» cheville.

» C'est au moment de notre arri-
» vée en ce château que cette incli-
» nation a cessé d'être innocente,
» sans pourtant devenir coupable.
» M. de Francheville ne prononçait
» pas le mot *amour ;* mais son main-
» tien, son regard, son accent, son
» langage, tout respirait, exprimait

» ce sentiment. Je pénétrais jusqu'au
» fond de son cœur, et je m'abusais
» jusqu'à croire que je pouvais en-
» tendre tout ce qui n'était pas un
» aveu formel.

» Quelquefois, dans le silence de
» la nuit, je réfléchissais à ma
» position et à ma conduite. Je ne
» pouvais me dissimuler que votre
» mari perdait envers vous ce qu'il
» m'accordait d'affection. Mais j'avais
» remarqué l'affaiblissement sensi-
» ble de la vôtre. Je vous voyais
» tranquille, uniquement occupée de
» votre Honorine; je vous croyais
» heureuse; le calme de mes sens
» m'inspirait sur l'avenir une sécu-
» rité entière, et j'ai tiré de mes ob-
» servations cette conséquence, que
» je pouvais m'abandonner sans scru-
» pule aux douceurs d'une inclina-
» tion qui ne nuisait à personne.

» Ce raisonnement est d'une fem-

» me faible, qui cherche à se faire
» illusion. Nulle ne peut prévoir
» jusqu'où l'entraîneront l'amour et
» les circonstances. Un homme d'es-
» prit ne se trompe pas sur les sen-
» timens qu'il inspire ; il sait qu'il
» dépend de lui d'y ajouter à chaque
» instant par les grâces, l'amabilité
» et tous les genres de séductions ;
» qu'il est une époque où celle
» dont il a subjugué le cœur, ne
» peut s'offenser d'un aveu positif,
» et que tôt ou tard sa faiblesse doit
» la lui livrer.

» Telle est la conduite circons-
» pecte et raisonnée qu'a tenu M. de
» Francheville. Dès qu'il s'est cru sûr
» de moi, il s'est déclaré avec l'im-
» pétuosité que vous lui connaissez.
» Soupirs brûlans, expressions déli-
» rantes, supplications, obsessions,
» il a tout employé contre moi. De-
» puis quelques jours il ne me laisse

» pas un instant à moi-même, et je
» vous prie instamment de me croire;
» il me semble que je l'aime moins
» depuis qu'il m'a convaincue du
» danger de l'aimer.

» Hier soir, vous avez oublié sur
» votre bureau une lettre de madame
» Montbrun. M. de Francheville l'a
» trouvée, et il est venu frapper à
» ma porte de manière à me faire
» craindre un éclat fâcheux, si je re-
» fusais de lui ouvrir. Je l'ai reçu.

» Voilà, me dit-il, d'un ton ef-
» frayant, une lettre qui prouve à
» madame de Francheville que je
» lui en ai imposé. Elle m'avait pro-
» posé de vous marier à Sainte-Luce,
» et je perdrai mille vies, si je les
» avais, avant de vous voir en la pos-
» session d'un autre. J'ai opposé à ce
» projet des difficultés, des défauts
» de convenances, inutiles à détail-
» ler, et, pour éloigner entièrement

» cette idée, j'ai déclaré que le ma-
» riage de ce jeune homme avec ma-
» demoiselle Montbrun, était avancé
» au point de ne me plus permettre
» de reculer. J'allais en effet faire les
» démarches nécessaires pour hâter
» cette union. La lettre que voilà an-
» nonce clairement à une femme pé-
» nétrante que j'ai de puissantes rai-
» sons pour vous conserver près de
» moi, puisque je suis descendu jus-
» qu'au mensonge pour y parvenir,
» et ces raisons ne sont que trop fa-
» ciles à deviner. Mon secret est dé-
» couvert, madame, et il tient au
» vôtre. Vous m'aimez comme je
» vous aime; nos intérêts sont com-
» muns; unissons nos forces, nos
» moyens, et surtout nos cœurs. Ne
» m'opposez pas de vieux argumens,
» que je ne veux pas entendre, et
» qui n'ont d'autorité que sur les gens
» sans passions. Donnez-vous à moi

» sans réserve, et fort de mon bon-
» heur, je réprimerai les plaintes,
» les murmures, si madame de Fran-
» cheville s'en permettait. Je lui con-
» tinuerai, au contraire, mes égards
» et mes soins, si elle a le bon esprit
» de ne rien voir, et si elle veut bor-
» ner ses jouissances au souvenir de
» M. de Sainte-Luce.

» Que de choses j'avais à répon-
» dre! j'étais indignée surtout qu'un
» homme osât établir sa maîtresse
» arbitre du sort de sa femme, et à
» quel prix, bon dieu! M. de Fran-
» cheville mettait-il votre tranquil-
» lité! je suis restée muette d'éton-
» nement et de frayeur. Il a pris mon
» silence pour un acquiescement à
» ses vues; il s'est élancé... J'ai ras-
» semblé toutes mes forces; je l'ai
» repoussé; je me suis jetée sur le
» cordon de ma sonnette. Il est sorti
» en proférant quelques mots que je

» n'ai pu distinguer, mais qui m'ont
» paru exprimer la menace.

» Voilà, madame, ce que j'aurais
» continué de vous cacher, si M. de
» Francheville avait conservé la mo-
» dération, qui a si long-temps entre-
» tenu ma sécurité ; ce que j'ai cru
» devoir vous apprendre, parce que
» cette lettre changera , je le crains,
» votre situation respective à tous
» deux; parce qu'il est indispensable
» que vous préveniez des procédés
» désobligeans ; qu'au moins vous
» en connaissiez la cause, et que
» vous usiez du droit de les repous-
» ser.

» Je suis, moi, irrévocablement
» décidée à cesser d'être l'objet de
» vos craintes, et celui des espérances
» de M. de Francheville. Je sortirai
» de cette maison, dont me bannit
» la violence d'une passion, qu'il ne
» sait plus maîtriser. Je n'ai pas dé-

» terminé encore le lieu de ma re-
» traite, et, quel qu'il soit, j'y serai
» poursuivie par des chagrins inévi-
» tables. Je m'en consolerai, en pen-
» sant que mon éloignement seul
» pouvait opérer une sorte de rap-
» prochement entre vous et M. de
» Francheville. Je n'ai jamais fait de
» sacrifices; mais je conçois qu'il en
» est qui ne sont pas sans quelques
» douceurs, quand on les offre au
» devoir et à l'amitié.

» Je ne crois pas que M. de Fran-
» cheville consente à mon départ, et
» je ne dirai rien, je ne ferai rien qui
» lui permette de pénétrer mon des-
» sein. Il part demain pour Châlons,
» où il va renouveler ses baux. Je
» profiterai de cette circonstance fa-
» vorable pour lui échapper. Vous
» voudrez bien m'aider dans mes dis-
» positions; vous me donnerez des
» conseils pour l'avenir; vous sou-

» tiendrez mon courage, au moment
» où je m'éloignerai de ce qui me
» sera long-temps cher, et vous me
» rendrez la justice de penser qu'une
» femme qui a été faible, ne part
» pas, et que celle qui aime et qui
» fuit, est incapable de le devenir. »

Je trouve dans la conduite de madame Ducayla une franchise, une noblesse, qui dissipent les préventions défavorables que j'avais conçues. Je lui rends à l'instant mon estime et mon amitié. Je l'embrasse avec tendresse, et je l'engage pour elle, plus encore que pour moi, à tenir fortement à son projet. Je n'ai plus rien à attendre de M. de Francheville; elle a tout à espérer de sa jeunesse, de sa fortune, du rang que lui a donné son mari, et surtout de ses grâces, que je ne lui conteste plus, depuis que je connais son innocence.

Sa situation et la mienne ont des rapports si directs, qu'il nous est impossible de n'en pas faire le rapprochement. Aimantes toutes deux, et toutes deux condamnées à combattre, à réprimer notre cœur, nous nous attendrissons jusqu'aux larmes, et bientôt nous nous livrons au triste plaisir d'en verser avec abondance. Cette femme, que je croyais froide, et à peu près insensible, peint l'amour et ses douleurs, non tels que je les éprouve, mais avec un ton si insinuant, un charme si vrai et si doux, que je passerais des heures à l'entendre, si la nécessité de cacher notre intelligence ne nous forçait à nous séparer.

Il a été convenu, avant de nous quitter, que nous garderons un secret absolu sur ce qui vient de se passer, et que Julie se retirera chez madame Montbrun. Elle habite toujours

jours la ville où mon mari a été frappé de la disgrace la plus éclatante : il n'est pas probable qu'il ose jamais s'y présenter.

J'ai exigé de madame Ducayla qu'elle lui écrive avant son départ ; que sa lettre soit conçue de manière à éloigner le soupçon ; que j'ai connu son projet, et que je l'ai favorisé. Les hommes effervescens sont toujours dans les extrêmes. M. de Francheville ne s'en tiendrait pas à l'indifférence, et je ne veux pas qu'il me haïsse...

Nous touchons au moment de la crise ; voici l'heure de déjeuner. Des gens indifférens s'amuseraient de voir deux époux se craignant, s'observant, attendant les coups, cherchant à les prévenir. Il est trop vrai que le désespoir de l'un est la jouissance de l'autre : le misérable qui va expier un crime, n'est-il pas entouré, suivi d'une foule avide de cet affreux spectacle? et on dit que l'homme est né bon!

Je me présente, préparée à tout, décidée à laisser tomber ces traits piquans, qui échappent toujours à l'homme qui a de l'humeur, et qu'une femme ne relève jamais sans amener une explication plus ou moins orageuse.

Julie ne lève pas les yeux. Ne rien voir, avoir l'air de ne rien entendre, ne la rendent pas impénétrable ; mais l'homme passionné ne calcule pas.

La physionomie de M. de Francheville est sombre, menaçante, et cependant un certain embarras se peint dans tous ses mouvemens. Il est facile de démêler, de suivre ses sensations, à mesure qu'elles se succèdent : il peut être dangereux de l'y abandonner. Fortement agité, il va parler au hasard. Si son premier mot est offensant, et que je ne sois pas maîtresse de moi... je vais le calmer, le mettre à son aise. Cela paraît difficile : une femme adroite, et qui a pu réfléchir un quart-d'heure, joue avec la tête la plus énergique, lors même qu'elle ne peut plus rien sur le cœur.

Je parle de choses indifférentes; je prends un ton aisé et ouvert; je retrouve une teinte de gaieté. Il écoute, il répond. Il paraît me savoir gré de ne point paraître instruite; il recueille les expressions affectueuses que j'adresse à sa Julie; il me croit soumise et résignée. Il me marque des égards; il a pour moi des attentions. Sa figure se développe, s'anime; il est heureux; il est tranquille: Laissez faire votre mari; ne le contrariez jamais, et il sera charmant.

Qu'il est loin de nous ce moment
où nous nous promîmes de si bonne
foi de n'avoir pas une pensée, que
nous nous la communiquions! Que
de jeunes époux se sont faits cette
promesse! En connaissez-vous qui
l'aient tenue?

Nous nous séparons, selon notre
usage, après le déjeuner. Je m'enferme avec Honorine; il va suivre
Julie.

Elle sort, elle gagne le jardin. Elle
a trouvé probablement son ton trop
animé. Sans doute il marche sur ses
pas... Le voici. Comme il se pos-
sède! il l'aborde avec une réserve,
un calme apparent, qui trompe-
raient tous les hommes. Il n'y a
qu'une femme qui puisse deviner son
cœur.

Elle ne quitte pas la grande allée,
et il ne paraît pas mécontent; il ne
lui échappe aucune marque d'impa-

tience. Il cause avec elle comme avec
son jardinier. Il lui montre une rose...
Ah! j'entends. On peut dire sans
s'échauffer : c'est l'image de votre
fraîcheur. Il lui fait remarquer une
touffe de soucis... j'y suis encore :
cette fleur est l'emblême de ce qu'il
souffre. Pas mal, pas mal pour un
homme.

Julie s'arrête devant un oranger.
Il n'a pas encore de fleurs; mais il
est toujours vert : c'est la couleur
de l'espérance. La fleur qui va naître
sera celle du plaisir. Elle l'amuse,
elle caresse son imagination; elle le
fera partir content d'elle et de lui.
Le plus adroit n'est qu'un écolier
auprès de la plus ingénue.

J'avoue que j'ai la faiblesse de
m'amuser beaucoup de ce petit combat, où la finesse se joue de la force,
et qui doit finir par l'humiliation
de cet homme qui croit que rien

ne peut lui résister. Ce qui me paraît plaisant aujourd'hui, m'eût ar-
raché, il y a deux ans, des larmes
amères. Que n'a-t-il pas fait pour en
tarir la source, pour éteindre dans
mon cœur jusqu'à la dernière étin-
celle d'un sentiment, qui eût duré
autant que ma vie, s'il eût daigné
le vouloir? Est-ce sa faute, à lui
seul, ou chercherais-je à colorer mon
changement à mes propres yeux?
Je ne sais, mais il est constant qu'il
ne m'aime plus, qu'il aime une autre
femme, et l'indifférence absolue que
j'éprouve, est l'état le plus heureux
que je puisse désirer.

Indifférence absolue!... oui, pour
lui, mais ce jeune héros?... hélas! des
terres, des mers nous séparent. Qu'importe pour moi et pour le monde,
que je l'aime ou que je ne l'aime pas?
Deux palmiers, plantés à une trop
grande distance l'un de l'autre, se

courbent l'un vers l'autre; ils ne peuvent se rapprocher.

L'amour est-il, par son essence, un sentiment immuable qui ne fait que changer d'objet, ou périt-il réellement pour renaître? Dans l'un ou dans l'autre cas, le mariage est-il selon la nature?... J'ai déjà traité cette question; je l'ai résolue d'après les devoirs sociaux; je ne reviendrai pas sur mon jugement. Eloignons ces idées. Allons chercher Julie.

C'est M. de Francheville que je rencontre. Il m'aborde de l'air le plus aimable. Il m'annonce qu'il part le lendemain; il me demande mes ordres pour Châlons. Oh! il est content, très-content de Julie, puisqu'il m'accable de prévenances; il le lui a promis, et il est bien aise de lui donner une certaine opinion de sa délicatesse et de sa probité. Sa probité! il sait qu'il faut obtenir la confiance de sa maîtresse, lui persuader que l'homme qui remplit des devoirs pénibles envers sa femme, est incapable de manquer à ceux que lui impose l'amour.

Oh! quel coup de maître! Je le prie de me permettre de l'accompagner avec ma fille, que je veux faire habiller. Il refusera. Il prévoit que cet arrangement le retiendrait plusieurs jours à la ville, et il brûle de revenir. Quel prétexte prendra-t-il pour me refuser une chose aussi simple?... Ah! c'est bien, c'est cela. Madame Ducayla s'ennuie seule ici, et il convient que je reste avec elle. Je partirai pour Châlons, lorsqu'il sera de retour. J'entends. Il compte jouir avec elle des douceurs d'un long tête à tête : cela ne sera pas.

Mon objet est rempli. Il tirera de ma proposition cette conséquence, après l'événement, que je n'aurais pas désiré partir avec lui, si j'avais préparé la fuite de Julie et que je dusse y aider.

Le dîner est le plus agréable que j'aie fait depuis long-temps, et la raison en est simple : chacun de nous croit toucher au but qu'il se propose d'atteindre. M. de Francheville est certain de cueillir le myrte pendant mon séjour à Châlons; Julie va se soustraire à des poursuites dangereuses et alarmantes; je sauve une femme estimable, je conserve l'honneur de ma maison, et peut-être la vie de mon mari, que les parens de la jeune veuve... Toujours de tristes images! Pourquoi rembrunir l'idée flatteuse du peu de bien qu'on a fait? Le résultat de mes soins assure le repos de tous, et je veux en jouir.

Julie n'a trouvé dans toute la journée que le temps de m'adresser

10*

quelques mots. Rose, soucis, oranger, ont été en effet des symboles
parlans; j'ai entendu leur langage
de ma croisée. La jeune femme a
permis d'espérer, et une femme sage,
qui se laisse entraîner jusque là,
ne veut que retarder sa défaite, et
peut-être la faire valoir. Voilà ce qu'a
senti M. de Francheville. Il partira,
ivre de joie, dit-il; il reviendra sur
les ailes de l'amour.

Il est à peine jour et j'entends les
gens de la maison aller et venir, tout
précipiter pour lui faire gagner une
heure. Je l'ai éprouvé : le cœur compte
les minutes, les secondes. Quelles
sont longues, quand on attend le
bonheur! elles sont éternelles quand
on l'a perdu,

La voiture roule, s'éloigne. Julie
entre chez moi. Il a voulu prendre
congé d'elle. C'est le dernier adieu,
l'adieu éternel.

Je me lève. Je passe chez elle; je lui indique l'endroit où Philippe a retiré ses malles vides, les armoires où j'ai fait serrer un assez grand nombre de choses qui ne sont pas à son usage journalier. Je l'engage à tout emporter, jusqu'à la moindre bagatelle; je me rappelle l'effet de ce mouchoir... Oh! je désire bien sincèrement que la raison reprenne sur lui tous ses droits, et qu'il oublie promptement une femme qui ne doit pas, qui ne veut pas être à lui.

Qu'il oublie!... Hé! puis-je oublier, moi... Oui, je le plains; je le plains de tout mon cœur; et comment m'en défendre pendant le courant d'une journée, où je ne dis pas un mot, où je ne fais pas un mouvement qui ne tende à l'affliger? Il ne me plaint pas, lui... Qu'importe? sa pitié me rendrait-elle plus heureuse?

J'ai développé à Julie les moyens qui m'ont paru les plus certains pour assurer sa fuite. Sa femme de chambre, dont elle est sûre, descendra les malles chez elle, pendant que nous déjeunerons. A l'issue du déjeuner elles emballeront tout. J'occuperai les domestiques de différens côtés, pour qu'ils n'entendent rien de l'espèce de désordre que causent toujours ces dispositions précipitées. Je n'entrerai pas chez Julie, je me montrerai partout et à tout mon monde; je travaillerai avec Honorine dans le jardin. Travailler! j'en aurai l'air.

A la chute du jour, la femme de chambre ira à la Ferté, qui n'est qu'à une petite lieue du château. Elle en ramènera une voiture et quatre bons chevaux, qui arriveront à minuit et au petit pas, sous les murs du parc. Thérèse introduira les postillons; ils enlèveront les malles sans bruit; ils les chargeront devant et derrière la voiture. Ils guideront Julie dans l'obscurité; elle partira ventre à terre. Elle sera à Paris à la pointe du jour. Elle y achètera une chaise de poste, dans laquelle, sans s'arrêter un moment, elle continuera sa route sur Marseille.

Afin de paraître étrangère à tous ces mouvemens, je feindrai que le grand air, le soleil, auquel j'aurai été exposée toute la journée, m'ont donné une migraine. Je me retirerai chez moi; je me coucherai, et, sous différens prétextes, je retiendrai mes femmes, dont le témoignage pourra m'être utile plus tard.

Julie vient me voir de temps en temps dans l'allée où je me suis établie. Je fais travailler mes femmes près de moi; je parais les diriger; je ne vois rien de ce qu'elles font. Je ne vois que cette pauvre Julie, toujours plus triste, à mesure que ses dispositions avancent.

Nous dînons, elle, Honorine et moi. Nous ne pouvons nous dire un mot : mes domestiques sont là. Souvent des larmes viennent mouiller sa paupière. Dix fois j'ai senti les miennes prêtes à s'échapper. Nous nous regardons alors : c'est parler.

Dans la situation d'esprit où nous sommes, la table est sans attrait. Nous abrégeons le repas ; nous nous levons. Je passe mon bras sous celui de Julie ; elle se laisse conduire au jardin. J'engage de petits jeux, et pendant que ma fille et mes femmes s'y livrent tout entières, j'entraîne Julie dans le fond des bosquets. Je combats sa douleur par les réflexions que me dictent mon jugement et mon amitié. Je parle raison, moi, qui, par intervalles, suis totalement

privée de la mienne ! l'infortunée !
« Que je souffre, me dit-elle enfin !
— » Ma chère amie, il faut qu'une
» femme passe sa jeunesse dans les
» sacrifices, ou sa vieillesse dans les
» regrets. »

J'abrège une scène qui ne peut
que l'attendrir de plus en plus, et
elle a besoin de toute son énergie.
Je l'embrasse avec tendresse ; je m'é-
chappe de ses bras, et je la laisse
éplorée. Je rejoins les joueuses, et
je la vois de loin regagnant le château, la tête baissée, les bras tom-
bans. Sa démarche est incertaine ;
ses genoux semblent ployer sous elle.
Tout à coup elle s'arrête ; sa tête se
relève, ses yeux se portent sur les
croisées de l'appartement de M. de
Francheville ; elle les y fixe pendant
quelques secondes, et s'arrachant
de là avec effort, elle rentre, et elle
cherche encore de dessous le péris-

tyle ces croisées qu'elle ne verra
plus. Elle leur dit de la main un
éternel adieu.

Je tremble que mes femmes dé-
mêlent dans mes traits un trouble,
qui va toujours croissant. Je m'efforce de jouer... je ne le peux. Je
n'ai qu'une ressource : c'est de com-
mencer à l'instant le rôle auquel je
me suis préparée pour le soir. Je me
plains d'un violent mal de tête. Honorine accourt à moi ; elle s'inquiète,
elle me caresse. Chère enfant, je te
trouve toujours à propos.

A peine suis-je rentrée chez moi,
que je vois Philippe monter à cheval.
Où va-t-il sans mes ordres, sans s'informer si je n'ai pas besoin de ses
services? Aurait-il entrevu quelque
chose? Thérèse connaîtrait-elle le
secret de sa maîtresse? L'aurait-elle
trahie? Philippe veut-il se faire,
auprès de son maître, un mérite de

sa découverte ? Va-t-il prendre des
chevaux à la poste , courir sur les
traces de M. de Francheville, le ramener...... Mes forces m'abandon-
nent. Je ne sais à quelle idée m'arrêter.

Cette incertitude est insoutenable.
Je hasarde tout pour y échapper. Je
passe chez Julie.

Que vois-je ? Qu'allons-nous devenir ? Thérèse , au lieu de finir d'arranger les malles pendant que nous
étions au jardin, a défait celles qui
étaient prêtes et fermées. Elle aime
Philippe , elle en est aimée ; elle n'a
pu se résoudre à s'en séparer. Témoin des empressemens non équi-
voques de M. de Francheville, elle
n'a trouvé qu'un moyen de conserver
son amant : c'est de lui découvrir
les sentimens de son maître et la résolution de Julie. Voilà les aveux
que madame Duçayla et moi venons

de lui arracher par les menaces et les promesses.

Les malheureux ! que n'ont-ils parlé plus tôt ! Philippe eût suivi cette fille ; on les eût chargés d'or.

« Ma chère Julie, il n'y a plus
» rien à ménager, et il n'y a pas de
» temps à perdre. Il faut partir à
» l'instant même. J'attendrai l'orage.
» C'est sur moi qu'il éclatera ; j'aurai
» la force de le supporter.

Je fais venir mes gens. J'ordonne qu'on prépare la diligence, qu'on remplisse les malles, qu'on les place ; je suis ces différentes opérations ; je double l'activité de chacun. Une heure n'est pas écoulée, et mes ordres sont exécutés. La voiture est à la porte. Julie se jette dans mes bras ; je l'y presse ; elle ne peut s'en détacher. Je la conduis, je la soutiens, je la porte ; elle est dans la voiture. Thérèse y monte en pleurant. Larmes tardives, qui ne peuvent rien réparer !

Elle est partie. Je rentre chez moi. Je m'y enferme, effrayée de ma position. Je voudrais élever un mur entre M. de Francheville et moi.

FIN DU SECOND VOLUME.

TABLE

DES

CHAPITRES.

FIN DE LA TABLE DES CHAPITRES.